除了我之外，你不准和別人上演愛情喜劇

4

羽場楽人
插畫：イコモチ

Kadokawa Fantastic Novels

CONTENTS

除了我之外，你不準和別人上演愛情喜劇 4

羽場楽人
插畫：イコモチ

Kadokawa Fantastic Novels

第一話　愛意加深的兩情相悅之夏

『吶，希墨，你還醒著嗎？』

「……我醒著。」

『你的聲音聽起來好睏。』

「因為現在已經是深夜了啊。」

放暑假的好處就是可以熬夜。

就算在見不到夜華的日子，我們也會頻繁地互傳訊息。不管是多麼微不足道的內容，光是能跟心上人用文字對話就很快樂。

就算到了晚上要睡覺的時間，覺得不滿足的時候，夜華會主動打電話給我。

即使看不到臉龐，從耳畔聆聽情人的聲音，我能馬上想像出她正露出怎樣的表情。

我們熱衷於聊天之中，回過神時，已過了幾個小時。時鐘指針指向了深夜兩點。

手機變得發燙，我也實在感到睏倦了。

『跟我聊天很無聊嗎？』

「超級開心的。雖然開心，但是睡魔來襲了。」

我拚命忍住打呵欠的衝動。

『因為我明天也想跟你約會呀。』

「妳和亞里亞小姐很久沒一起出門了吧。總不能取消前約，以我為優先吧。」

『可是，希墨是我的情人。』

「………」

『希墨？你在聽嗎？』

「我聽得很清楚。我想要錄下來，妳再說一次！」

耳畔的聲音突然沉默。

是收訊狀況變差了嗎？我將手機從耳邊拿開。

緊接著，螢幕上突然出現夜華的臉龐特寫。

她似乎已切換成視訊通話了。

房間裡已關了燈，床頭間接照明的柔和光線映照著夜華的面容。

夜華似乎也一直是躺在床上說話。

因為已經是深夜，她穿著睡衣。粉彩色調的淺色睡衣充滿少女感，與氣質成熟的夜華之間的反差新鮮又可愛。袖子長度恰到好處，不過由於睡衣寬鬆，領口開得很大。然而，唯獨胸部顯得有些緊繃。

『這樣有讓你不睏一點嗎？』

我從床上坐起來，凝視著螢幕。

「不睏了！我完全清醒了！」

『你還真老實。』

「妳是因為了解瀨名希墨這個男人，才會展現迷人的睡衣模樣給我看吧？」

夜華發現我的目光投向何處，連忙將棉被拉過來遮住胸口。

「現在是夏天，這樣很熱吧？放輕鬆點嘛。」

『很可惜，房間裡開著冷氣，很舒適呢。』

夜華嘟起嘴唇。

「妳還不想睡嗎？」

『沒問題。因為明天見不到面，我想和你多聊聊天。』

「我也一樣。」

『你直到剛才明明都還一副愛睏的樣子。』

「電話中的聲音，和實際的狀況未必相同啊。」

夜華一邊說了句『騙子』，一邊笑著。

「……感覺好幸福。」

我直接說出突然洋溢胸懷的幸福感。

『我也是。』

「暑假真快樂。」

『暑假好快樂。』

我和夜華異口同聲地笑了。

能夠與心上人不用在意時間，盡情地暢快聊天。

我們現在正在享受高中二年級的暑假。

◇◇◇

結果，昨天晚上我們一直聊到夜華睡著為止。

她在聊天途中躺了下來，回答變得遲鈍，轉眼間就閉上眼睛。

我隔著螢幕眺望夜華可愛的睡臉半晌後，悄悄地掛斷電話。

雖然熬夜熬到很晚，明天或者說今天也沒有什麼預定計畫。好好地睡個懶覺吧。我在這麼決定後去睡了。

「希墨！早安！我肚子餓了！」

妹妹映飛撲到我的床鋪上，硬是把我叫醒。即使是暑假，她也毫不留情。

睡眠時間在體感上幾乎只有一瞬間。當我睜開沉重的眼皮，映的笑臉近在眼前。

「就算要叫醒我，也用普通的方法叫吧。還有，要稱呼我哥哥。」

因為睡眠不足又剛剛起床，我的聲音相當低沉。口也很渴。
「人家今天想吃荷包蛋！當然是半熟的喔。」
我行我素的妹妹沒在聽我說話，單方面地指定了荷包蛋的熟度。
「映。妳已經小學四年級了，起碼學會做點菜如何？」
「人家喜歡希墨做給我吃。」
映把到現在還睡在床上的我墊在底下不肯移動，天真無邪地回答。
雖然內在還是幼稚的小學生，映的外表以年齡來說頗為成熟。
「這份擅長撒嬌的本領，也要挑人發揮喔。」
「？我只會對希墨這樣喔。」
妹妹一臉不可思議的看過來。
「即使長大後也一樣喔。」
「長大以後，我就不會做這種事了。」
這傢伙似乎是明知故犯。
「唉。是半熟的對吧。」
「哇～好耶！」映總算從我身上挪開。
「希墨，快點喔！」
說完要求以後，映迅速地離開了我的房間。

時間過了上午十點。雖然還有些睡意，也算是有達到最低限度的睡眠了吧。

我放棄睡回籠覺，首先走向盥洗室。

做好兩人份遲來的早餐後，我也一起用飯。

我們在電視上看到現正上映的家庭向電影廣告。

那部全球大熱賣的全ＣＧ動畫片，是被評為兒童能看得開心，大人也會為之落淚，充滿話題性的作品。在電影排行榜上也排名第一。

「希墨，你很閒吧？我們去看這部電影！」

「我才沒有閒著。」

「你明明只是在家裡打混而已耶？」

「我正在盡情享受假期。」

「有什麼不同？」

精力充沛的小學生一臉莫名所以地看過來。

「聽好了，映。我現在有夜華這個情人。今天只是剛好和夜華的行程對不上，才會看起來閒著沒事。」

「人家也和朋友約好了要去她家住宿聚會！只是今天剛好有空。」

「別跟我打擂台啦……」

她正值不管什麼事都想與人對等的年紀。

「你是因為被夜華回絕了約會，才會待在家裡吧。所以人家來陪陪你吧。」

「好累喔。今天外面很熱。」

「你和夜華出門的時候，不是精神都很好嗎？」

「跟情人去約會，和跟妹妹出門又不一樣。」

「我想看電影！好想看喔！想和希墨一起去看！」

映為了自己的方便鬧脾氣。

因為她總是這樣，我無意責罵她，但我希望她能再懂事一點。

「別說任性的話。妳也別只顧著玩，做做暑假作業怎麼樣？」

放暑假已有一星期了，我把完全沒碰過作業的自己擱到一旁說道。

「作業我已經寫完了喔。」

「咦，全部？習題和講義還有閱讀心得都寫完了？明明都還沒到八月呢。」

「嗯。只剩下日記了。」

「這、這樣啊。」

映明明性格很孩子氣，在學業方面卻懂得掌握訣竅，在學校成績很好。

每次成績單也都通通拿五分滿分，讓我家雙親非常高興。

「那希墨呢？」

「咦？」

「你也是暑假作業寫完了，所以才會那麼悠哉對吧？」

「呃～因為要準備文化祭等等，我還得去學校。」

「人家也有補習才藝，但是都好好寫完嘍。」

我家妹妹似乎找到了獲勝的機會，抓準良機直指要害。

「小學生和高中生的作業，不管是質與量都不一樣。」

「人家想在今天的日記寫著，我和『哥哥』一起去看了電影。要是寫一整天在家裡打混，那太難為情了。」

「沒必要提到我的情報吧？」

別擅自將家人的個人情報對外洩露啊。

「我會告訴媽媽，希墨有認真讀書的。吶，拜託嘛！」

「……我知道了，我帶妳去。相對的，妳別當媽媽的眼線。」

我敗給了妹妹的威脅，不，是狡猾的撒嬌方式，決定和她一起去看電影。

我用手機搜尋附近的電影院，查看放映時刻。

如果在收拾完早餐餐桌後出門，有一個場次時間上剛剛好。

「那我買兩張票喔。可以吧？」

「OK～！快出發吧！」

就這樣，我們決定前往新宿的電影院。

我回房間換上外出服。

夏日的陽光在窗外閃閃發光。我有點懶得走出開著冷氣的室內。

難得沒有安排行程的日子，其實我想待在家裡悠哉度過。

反正有時間，拿起放在房間角落，積了薄薄一層灰塵的電吉他來練習也不壞。那是我去年一時興起買下的，但只有想起來的時候會碰一下。儘管感興趣，我對電吉他並未熱衷到會每天練習的程度。可惜的是，我似乎沒有音樂天賦，想要進步只有認真練習一途。

或是開始寫堆在桌上暑假作業——之後再說吧。暑假才剛開始一星期。現在還不是著急的時候。

「希墨，還沒好嗎？快出發嘛！」

在妹妹催促之下，我走出房間。

我們從家裡走到本地的車站，搭乘電車前往新宿站。

一走出車站，明明天氣如此酷熱，卻有許多人在街頭來來去去。灼熱的陽光與柏油路面傳來的無情輻射熱。那種彷彿撥開熱空氣前進的感覺，充滿都會夏天的味道。即使對這樣的天氣心裡有數，還是覺得很熱。

為了慎重起見，我在走向電影院的路上牽著映的手，以免她目光被別處吸引而迷路。

我們終於進入電影院，在開著空調的涼爽電影院裡休息一下。

我去領取事先在網路上買好的電影票。身為正在放暑假的學生，即使在平日白天也能看電影，讓我抱著一點優越感。座位也幸運地買到了戲院的中央位置。

我們先上完洗手間，購買兩人份的飲料和爆米花後，前往放映廳。

我們兩人並排坐下。

直達天花板的大螢幕上，正在播放宣導影片。

「希墨，在電影開始前要確實把手機關機喔。」

「我知道。只是，先讓我和夜華聯絡吧。」

「你和夜華感情真的很好呢。」

「還好啦。」在放映廳燈光轉暗之前，我迅速傳訊息給夜華。

希墨：和妹妹一起來了電影院。

接下來會有兩小時左右無法回覆，不要見怪。

要盡快回應情人傳來的訊息。

如果事先知道難以做到，就要提前告知。

對於瀨名希墨來說，這已成為無法撼動的鐵律。

度過專挑我們沒聯絡上的時候發生麻煩事的第一學期後，我打從心底學到了教訓。

我深深地反省，並在心中決定，以後無論如何要立刻查看訊息。

夜華：昨晚謝謝你陪我聊得很晚。別邊看電影邊打瞌睡喔。

在手機關機前傳來的回應，讓我不禁面露微笑。

「希墨，馬上就要開始嘍。」

影廳內的燈光轉暗，坐在身旁的映似乎期待過頭，顯得迫不及待。

「還有預告片沒放，妳冷靜點。開演之後要保持安靜喔。」

「好～」

於是，電影開始了。

那是經過徹底計算的兩小時極致娛樂。

電影比預料中更加精彩，我在劇情最後高潮時，不禁看得流下淚來。

我本來打算在片尾開始播放，廳內點亮燈光前擦去淚痕的。

「希墨，明明是高中生了，還會哭呀～」可是映發現我的淚痕，格外愉快地調侃著我。

◇◇◇

走出電影院，外頭仍然很熱。

在大樓屋頂上的哥吉拉目送之下，我們決定在新宿的街上閒逛。

我們順路走進電子遊樂場，花了一點錢在夾娃娃機上，順利拿到映想要的布偶。然後又逛了幾家大型書店和服飾店後，太陽已然西斜。正當我心想，回家後再做晚飯也很麻煩，要不要直接在外面吃飯的時候，手機鈴聲響起。

來電的人是夜華。

「時機真剛好啊。映，我接一下夜華打來的電話。」

「是夜華？我也想跟她說話！」

「好了，安分一點。」

因為玩過各種遊戲而心情興奮的映貼了上來，我不理會她，接聽電話。

「喂，夜華？」

『希墨，幫幫我。今天陪我一起吃晚飯。』

夜華語氣急迫，沒打招呼就突然提了出來。

就算壓低音量，我也感受到她格外慌張。

「怎麼了，夜華？發生了什麼麻煩嗎？」

『要說是麻煩也算是麻煩。總之，我希望你過來。你現在在哪裡？』

「我在新宿。我是無所謂，但映也跟我在一起，要馬上過去有困難。」

如果只有我一個人，我會毫不猶豫地趕過去。

然而，讓讀小學的映一起出現在尷尬的場面，我於心不安。

我也不能叫讀小學的妹妹單獨坐電車回家。

話雖如此，我也並非會對情人的危機視若無睹的無情男人。即使要趕過去，也得先將映送回家再出發。

『小映也一起來反倒很ＯＫ！我們現在也在新宿！姊姊也說，晚餐她會請客，所以沒問題！』

「……呃，不是妳和亞里亞小姐吵架了之類的情況吧？」

面對夜華強力的邀約，感到不解的我為了慎重起見確認。

『？姊姊還是老樣子啊。不是那樣，是另一個人要來。和那個人見面，嗯，我會覺得尷尬。所以我希望希墨也一起在場……』

電話另一頭的夜華突然變得吞吞吐吐起來。

從那個聲調聽來，她無疑是真的很困擾。是她那麼不想見面的人嗎？

與亞里亞小姐認識，夜華又不擅長應付的人物。

「──是神崎老師要來嗎？」

『你怎麼會知道？』

「關於妳的事情，我自然看得出來。因為我們是情人。」

『嗯。不愧是希墨。你真了解我！』

我一次就說中似乎讓她很高興，夜華顯得很驕傲。

「但是，夜華。在期末考結束後，我們去茶道社的社團教室時，妳有好好地喊她神崎老師吧？我還以為妳們已經和好了。」

在那之前，夜華將神崎老師視為天敵，絕不肯用名字稱呼她。

『誤、誤會和芥蒂是告一段落了。雖然如此，我怎麼可能突然跟她變得關係親近！我還很怕生啊。』

夜華說得有道理。

就算誤會解開，不擅應付對方的想法也不會立刻消失。

首先，我的愛人有坂夜華是全校第一的美少女，並且相當不善交際。

以和我交往為契機，夜華擴展了人際關係，可以稱之為朋友，值得信任的對象也增加了。

話雖如此，如果溝通能力會一朝一夕就有所成長，那也不用吃苦受累。

凡事都不焦躁也不退縮地逐漸適應，是成長最快的方法。

「電話也給人家聽嘛！人家想和夜華說話！」

身旁的映蹦跳著嚷嚷，頻頻催促我。

『吶，你是我的情人，又是班長吧。扮演我和班導師之間的橋梁嘛。』

夜華直接的撒嬌聲調，聽得我背脊一陣戰慄。

儘管因為暑假而徹底忘乎所以，身為班長，我受神崎老師委託的任務是擔任夜華的支援者。因為老師『希望有坂同學更加拓展交友關係』的期望在一定程度上已經達成，我險些忘記了。

可是，夜華果然還是夜華。

秋天還有文化祭，以後她與瀨名會這樣的好友團體之外的交流，也會逐漸增加吧。

而且我也希望，今年夜華也以某種形式參加文化祭。

「吶，希墨～」

啊，這是擔任橋梁者該展現本領的場面嗎？

首先，先讓她與班導師再拉近一點距離吧。

我試著心生一計。

「夜華，映想和妳說話，我把電話交給她喔。吃晚餐的事情，如果她答應的話，我們就兩個人一起過去會合。」

『我明白了。』

我把手機遞給映，她就像等待已久般搶了過去。

「喂，夜華？我是映！」

我望著開心說話的映半晌。

「我想和夜華一起吃飯，可以去嗎？」

妹妹用期待的眼神看向我。

當我用手指比出ＯＫ手勢，映興沖沖地回答：「我要去！」

◇◇◇

「沒想到是在啤酒花園……」

指定吃晚餐的地點，是百貨公司的屋頂上。在都會的黃昏下，開設於屋頂的啤酒花園有許多下班後的社會人士、大學生與家庭客人，十分熱鬧。

因為今天特別熱，大家隨著太陽下山而陸續恢復了活力吧。

「吶，希墨！屋頂上在辦祭典嗎？」

以前父母曾帶我們到啤酒花園吃過飯，但映好像當時太小，沒有印象了。實際上第一次體驗啤酒花園，讓她很興奮。

聽她這麼一說，這種在露天環境中，大人們因為暑氣和酒精臉龐泛紅，吃著輕食的氣氛，是和夏日祭典很相似。

「不是祭典，不過今天要在戶外吃晚飯。」

「感覺好好玩！」

我告訴入口的櫃檯人員我們已用有坂的名字訂位，被帶往餐桌。

「各位真的齊聚一堂了呢。」

我的情人夜華、她姊姊亞里亞小姐，還有班導師神崎老師已經入座了。

看到這三個人聚在一起的景象，我不由得露出奇怪的苦笑。

雖然分別有複雜又深入的關連，我也是第一次碰到她們三人到齊的情況。

夜華她們三人對我帶來的映很感興趣。

「希墨，謝謝你過來。還有小映也是，晚安。」

我們的到來讓夜華鬆了口氣。

「阿希的妹妹好可愛～！難怪阿希會為了這樣的妹妹努力準備考試。妹妹，過來這邊，來大姊姊旁邊坐！」

亞里亞小姐顯得格外興奮。

我看向她手邊，她先點的大杯啤酒已經快喝光了。

相隔半個月重逢的亞里亞小姐，態度看來和往常一樣。

亞里亞小姐曾在我國中上過的補習班擔任兼職講師，是使我考上永聖高中的恩師。

在我第一次去有坂家時，她以情人姊姊的身分與我重逢了。

之後，在亞里亞小姐的提議下，為了阻止班導神崎老師的相親，我答應擔任代理男友。

亞里亞小姐以更勝夜華的壓倒性影響力，在各方面把人際關係攪得一團亂。

「亞里亞，突然這樣子太自來熟了。瀨名同學的妹妹也會害怕吧。妳冷靜一點。」

那位黑髮的和風美人，我的班導師神崎紫鶴老師悄悄地勸戒昔日的學生亞里亞小姐。在亞里亞小姐畢業後，兩人也繼續作為朋友來往。

「我是希墨的妹妹，瀨名映。初次見面！晚安！」

不需要我催促，我妹妹就主動率先活力十足的打招呼。

即使初次見到亞里亞小姐和神崎老師這樣令人退縮的美女二人組，她也沒有表現出任何緊張，不知是因為映單純是個小孩，還是因為她性格並不膽小。

無論如何，身為哥哥，我希望她以後也珍惜這份社交能力。

三人都對映投以溫柔的目光，歡迎著她。

我坐到夜華身旁，映則在招手之下，坐到亞里亞小姐和神崎老師之間。

「妳看起來很困擾呢，夜華。」

「處在這種活像三方面談的狀況，我怎麼開心得起來。」

我和夜華湊近臉龐，壓低音量交談。

之前想必坐立不安的夜華，在桌子底下偷偷地握住我的手。

「有什麼關係，趁這個機會和老師加深情誼吧。」

「我不想在校外和班導師見面。而且，我也想見你。」

「如果最後那句話是真心話，作為情人我很高興。」

「當然是真心話啊。今天不能跟你一起出門，抱歉。」

「沒關係。我也很久沒跟映一起外出了。」
「電影好看嗎？」
「映發現我看到哭了，還取笑我。」
「好看的話就好。」
「妳那邊呢？」
「嗯，我們出來買包含這次旅行用品在內的東西。」
「夜華不是一直都很時髦嗎？特別是那條項鍊，很迷人喔。非常適合妳。」
我沒有錯過在夜華脖子上閃爍的簡潔銀項鍊。
細鏈上綴著漂亮的小巧寶石。那低調又高雅的設計，非常適合氣質成熟的夜華。
「——這是特別的人送給我的禮物。」
「喔。那個男人的品味很不錯。」
「是希墨你送給我的吧。對我來說，已經像是護身符了。」
我的情人用纖細的指尖輕觸項鍊。
當我正為這句話感動時，突然感覺到了目光。
亞里亞小姐和神崎老師看著我們。
映也探頭看了看桌子底下，抬起頭來。
「……希墨和夜華在卿卿我我。還手牽著手。」

「不是的，小映？這是那個……」

「這種多餘的話不用說出來！」

被映指出這一點，我和夜華連忙鬆開手。

「希墨也決定飲料吧。人家要喝柳橙汁。」

「那就可樂！」

我看也沒看菜單立刻回答。

「因為夏天忘乎所以是無妨，但像這種舉動，請在別人看不到的地方做吧。」

神崎老師有些難為情的抱怨之後，舉手招呼店員。

「才剛到就馬上進入兩人世界呀。話說，阿希，你來得好慢。我們從剛剛開始就差點被人搭訕，很麻煩的呢。」

亞里亞小姐噘起嘴唇。

「是啊。讓美人久候，真是失禮了。」

「……哎呀，你還真坦誠。」

亞里亞小姐試探般地瞇起眼眸。

「因為我有自覺，我正坐在美女齊聚的最佳位置上。」

這麼多外貌美麗的女性聚集在一塊，周遭的男性不可能置之不理。

借助夏天的暑氣與開放感，以及酒精的力量，似乎有許多人過來向沒喝醉時門檻很高的美女團體攀談。

有我這麼一個男性在場，看來至少發揮了蚊香的效果，真是再好也不過了。

「——阿希的反應太普通了，好無聊。」

亞里亞小姐自顧自地感到意外，不知為何不滿的說。

「就算是我，也習慣了啊。」

美人連看三天會看膩這種說法，毫無疑問是假的。

不過，在一次次見面交談親近之後習慣面對美貌，是有可能發生的。

「說得真奢侈。我以後再也不體諒阿希了。」

「這反倒要請妳多體諒一點。被妳嚇到的那一方也很夠受的。」

夜華和神崎老師也點頭同意我毫無虛假的真心話。

「咦～因為是你，我才會熟不拘禮地對待你耶。」

「姊姊～別太過拿希墨尋開心喔——我會生氣的。」

夜華迅速露出魄力十足的燦爛笑容，威脅姊姊。

「嗚喔，小夜。妳可愛的笑容現在好可怕。我不會做什麼奇怪的事情啦。」

「姊姊真是的，都不能放鬆警戒。」

「妳不必擔心，妹妹小夜對我來說也是最重要的。」

「真的嗎？」

夜華向姊姊投去充滿懷疑的目光。

「等等，相信我啦！我是最喜歡小夜的姊姊！」

「那麼我相信妳。」

「小夜真溫柔！我也最喜歡妳了！」

亞里亞小姐一口氣喝光啤酒杯裡剩下的啤酒。

「啊啊～！夏天喝啤酒果然好喝。特別是在戶外，太棒了。」

我們向走過來的店員點了我和映的軟性飲料，還有亞里亞小姐加點的啤酒。

「老師也是突然被找來的嗎？」

我問神崎紫鶴老師。

「我在工作中收到亞里亞的聯絡，問我要不要一起吃晚飯。」

神崎老師在啤酒花園這種熱鬧的地方也姿勢端正地坐在椅子上，一如往常的沉著。

「兩位經常來啤酒花園嗎？」

「在夏季時，我們經常會依照亞里亞的喜好，前往能在戶外用餐的露天陽台餐廳。今天也是她預約的，但我還以為只有我和她兩個人，然而……」

「又是老樣子的驚喜嗎？」

當我說中之後，神崎老師露出歉疚的神情。

「作為教師而言，這不能說是令人滿意的狀況。如果知道有三名未成年人，而且連瀨名同學的妹妹都來了，我不會讓她選擇啤酒花園的。對不起。」

「好了好了，別說那麼死板的話。今天大家不講禮數。這是慰勞第一學期的辛苦&原諒先前之事的慶祝會！」

「「「別輕描淡寫地企圖一筆勾銷！」」」

除了亞里亞小姐以外的三個人，絕不肯當作沒聽到。

「因為代理男友那件事，我的期末考可是面臨危機！」

「我也承受了很大的壓力！」

「沒想到你居然暗中將情報洩漏給我父母……」

我們三人藉此機會，分別吐露積壓的不滿。

為了回絕雙親推薦的相親，神崎老師以前就找亞里亞小姐商量過。而亞里亞小姐提出的具體方法，是由我擔任代理男友，將我介紹給老師雙親這個相當離奇的作戰計畫。

七月上旬，儘管計畫當天發生了出乎意料的情況，老師成功地避免了相親。

夜華和亞里亞小姐好像也透過第一次的姊妹吵架，解開了長年的心結。

順帶一提，我之所以用推測來描述，是因為無論我再怎麼問，夜華都堅決不肯告訴我兩人吵架的具體原因。

『那是只屬於姊妹之間的祕密！就算是對身為情人的希墨，我也不能說！』

因為她非常認真，我沒有繼續追問。

這就叫保持祕密才可貴吧。

雖然懸而未決的相親問題解決了，我們和神崎老師很快就進入期末考期間，變得忙碌起來。

因此，對於暗中肆意妄為的亞里亞小姐的處置就擱置下來了。

「唉，不管是向我吐出怨言還是商量旅遊計畫，用什麼藉口聚會都可以啦。因為像這樣碰面才是最大的目的。」

當亞里亞小姐說著看似有道理的話時，餐點與飲料送來了。

諸如沙拉與生牛肉片、烤牛肉以及基本款的炸雞塊、薯條和毛豆等等，餐桌上擺滿了充滿啤酒花園風格的菜餚。

「好，既然阿希和他妹妹也來了，重新乾杯吧～～！」

大家隨著亞里亞小姐喊出的口號碰杯。

「為什麼最後還是亞里亞小姐在主持呢？」

「姊姊明顯比平常來得興奮。」

正如夜華指出來的一樣，即使在我眼中看來，亞里亞小姐也相當興高采烈。

她頻頻寵著身旁的映，映也馬上與她親近起來。

她似乎也充分地享受著啤酒花園這個環境不同於日常的感覺，津津有味地將餐點送入嘴裡。

亞里亞小姐喝光第二杯啤酒，並立刻點了續杯。

是發生了什麼事情，能讓她高興到興奮成這樣嗎？

「亞里亞，妳要適可而止。這裡可不是我家。」

「紫鶴妳才是，今天喝酒的節奏特別慢呢？妳身體不舒服嗎？」

「……我在飲酒上面已經學到教訓了。我要自制一段時間，不用在意我。」

我看向神崎老師的啤酒杯，幾乎沒有動過。

「喔喔，妳是在意在妳家被阿希撞見的事情啊～」

「亞里亞！」

神崎老師生氣地重拍桌子。

她多半是指我們在老師家開作戰會議隔天早上的事吧。宿醉的老師沒發現我睡在客廳，在剛洗好澡只包著一條浴巾的狀態撞見了我，甚至在驚訝之中讓浴巾鬆脫了。

話說，老師，那個反應很不妙啊。

亞里亞小姐發現自己不小心說溜嘴，露出暗叫「糟糕！」的表情。

「等等，希墨看到了什麼！說明清楚！」

夜華敏感地察覺了在自己不知道的地方發生過的意外氣息。

「亞里亞小姐，請幫忙解釋啊！」

「咦～我那時也才剛睡醒，不記得了～」

「這絕對是謊話吧！」

「這個真好吃。」比起哥哥的危機，飢腸轆轆的映更熱中於吃東西。

我竭力解釋發生在老師家的那件事是意外，勉強平息了夜華的怒火。

「希墨和周遭的女性發生太多狀況了。你在車站前也抱住了姊姊。」

話雖如此，夜華似乎微妙地無法釋懷。

亞里亞小姐假裝沒有注意到夜華投去的銳利目光。

神崎老師很在意自己的疏忽大意，再度惶恐起來。

「好了好了，紫鶴也是，太過在意可不好喔。」

「我好不容易才試圖忘掉的……！」

「話說回來，會發生那天的事情，是因為妳喝過頭吧。」

神崎老師恨恨地看著亞里亞小姐，但在她指出事實後，陷入沉默。

看著亞里亞小姐和老師之間隨意的互動，我不禁輕笑出聲。

「看來兩位的感情依然很好，我放心了。」

「因為從結果來說，我得以避免了相親。雖然只是從結果來說！」

神崎老師的表情未變，言語間卻感受得到怒氣的餘燼。

「對啊對啊，有好結果就行了。要感謝我喔。」

心情很好的亞里亞小姐又來了一句多餘的話。

「——我感謝的是瀨名同學他們。亞里亞是附帶的。」

老師狠狠地瞪著亞里亞小姐，不許她再胡說八道，亞里亞小姐也不禁露出苦笑。

「不要說那麼殘忍的話嘛。在旅行時，我會好好注意行車安全的。」

「吶，姊姊。我從剛剛開始就很好奇，為什麼姊姊會談到旅行話題？」

夜華一臉不明就裡地問。我也很好奇這一點。

為了答謝我們幫助她避免相親，神崎老師邀請包含我和夜華在內的瀨名會好友團體，在暑假前往神崎老師家名下的別墅。

亞里亞小姐說得好像她也要一起去旅行一樣……

「……亞里亞，難道妳還沒有說明過嗎？」

看到我和夜華的反應，神崎老師察覺了狀況，無言以對。

「呵呵呵，這件事才是這次真正的驚喜喔！」

亞里亞小姐就像惡作劇大成功般心滿意足地笑了。

「也就是說，難不成？」

「嗯。我也會去。」

「真的假的？」

儘管對於亞里亞小姐乾脆的肯定有些吃驚，但我輕易地接受了事實。

我也被訓練得很適應了啊。

「第一個提議以紫鶴家的別墅當旅行地點的人，不就是我嗎？」

這麼說來，在去見神崎老師的雙親前，我們是在飯店大廳站著談過這件事。

「既然是我提議的，我必須好好地負起責任。」

亞里亞小姐滿心打算要去。

「那種太過一本正經的態度，反倒讓人不安。」

「阿希，你疑心病太重了。」

有坂亞里亞可怕的特長，是會讓人在純粹的對話中不知不覺間受到她的敦促，按照她的意圖去行動。

我無法斷言，快樂的夏天旅行不會因為亞里亞小姐的一個心思就出現驚天動地的發展。

奇怪，旅行突然變得可怕起來了。

「其他人會怎麼想呢……」

「我不在乎，所以沒問題。」

我不是在擔心亞里亞小姐！充滿自信與行動力的人就是這樣才討厭！

「姊、姊姊真的也要一起去嗎？」

夜華也如青天霹靂般戰慄著。

「那不是當然的嗎。至少讓我為之前的事情賠罪吧。」

像神崎老師的代理男友一事也好，亞里亞小姐常常會有離奇的企圖，讓我和夜華都不禁隱約抱著戒心。

看不下去的神崎老師，像在替她幫腔般補充道。

「一輛車載不下所有人，所以需要另外一位駕駛。」

「亞里亞小姐，妳會開車嗎？」

「很失禮耶，駕照我還是有的！」

也許是對我的反應特別不爽，亞里亞小姐翻找自己的包包，刻意拿出駕照遞到我眼前。

「……看起來不像是偽造的。」

我聽說印在駕照上的照片往往會變醜，亞里亞小姐的照片卻照出了大美女，果然了不起。

「希墨，你們大家要一起去旅行嗎？」

被話題撇在一旁的映忽然發問。

「嗯，和我的朋友們一起去。」

「太詐了！人家也要一起去！」

映開始鬧脾氣。

「又講這種任性的話。」

「人家也想去旅行！想跟希墨的朋友一起玩！」

當瀨名會的成員聚集在我家時，大家都很寵愛映。由於這樣，映覺得自己和大家是朋友，似乎不喜歡一個人被排除在外。

「希墨，要怎麼做？」

「難得有機會，你就帶妹妹一起去吧。對吧，紫鶴。」

「嗯，還有多的空房間，所以是沒問題……」

除了我以外的三人，以積極的態度看待映的參加。

「吶。可以吧，希墨！」

面對央求的妹妹，我毫不留情地指出事實。

「映。在我們去旅行的日子，妳有和朋友的過夜聚會喔。」

聽到我指出這一點，映一瞬間露出赫然驚覺的表情。

「嗯～可是人家還是想跟夜華他們一起玩～！」

小學生還不肯放棄。她就那麼想跟自己哥哥的朋友玩嗎？

「就算妳這樣說……」

「那個、那個，那祭典呢？在神社舉辦的祭典。今年不光是希墨，大家也一起去吧！」

那是指我每年都會帶映去參加，在我家附近舉行的夏日祭典。

「啊，就是在學校附近的神社，每年都會舉辦的夏日祭典嗎？」

「真令人懷念。我也曾在準備文化祭回家的路上，和學生會成員們一起去過。當時我第一次看到那種露天攤位，覺得很有趣呢。」

神崎老師和身為本校畢業生的亞里亞小姐也都知道。

「希墨，如果是祭典的話，只要跟瀨名會的大家說一聲，大家都會來吧？我也想去看看。」

夜華也很有興致。

「那是無所謂，但人潮會很擁擠喔。沒關係嗎？」

「不是有你會保護我嗎？」

聽到心愛的情人理所當然地這麼說，我不可能拒絕。

我領會到，有情人的暑假是多麼特別。

光是和情人一起參加，例行的夏季活動就變得截然不同。

現在能夠像這樣和夜華這位我心愛的情人共度時光，真是太好了。

明年要準備大學考試，今年是可以毫無顧慮遊玩的最後時間。

正因為如此，我想度過不留遺憾的暑假。

第二話　打勾勾

「吶，希墨。明天晚上要不要來我家？」

當我一如往常地在美術準備室吃夜華親手做的便當時，她如此提出邀約。

即使在暑假期間，身為班長的我，也會到校參加文化祭執行委員會的會議。夜華會配合我，特意做便當前來學校。

我像平常一樣穿著制服，吃著午飯，即使突然收到過夜的邀約，也沒有慌張失措。

即使情人提出大膽的提議，我也沒有流露動搖之色，保持冷靜的態度。

回過神一看，自我和夜華開始交往已經大約過了四個月。我們約會過許多次，前陣子也終於完成了心心念念的初吻。

在躍升了一大階段後的現在，就算那個容易害羞的夜華比我更期望進一步的發展，我也不感到驚訝。

接過吻的我是無敵的。

我反倒非常歡迎。

……我說謊了。老實說事情發展得太快，我跟不上變化。

像這樣一帆風順不要緊嗎？太過順利，我反倒覺得不安。

之前向夜華表白時，我被迫等待答覆，等待了整個春假。

情況明明遠比像那樣被吊著胃口要好得多，但看到進展要如雲霄飛車般飛速前進，我反而擔心起來。

我不由得覺得，自己還真是膽小鬼。

不過，那是因為夜華是我在世界上最珍惜的存在。

這是珍惜的反轉。沒必要徒然地感到焦急。

——話雖如此……

「我好高興。我當然要去！」

我依然打從心底覺得高興。

我在大前提上不存在「拒絕」兩字，既然收到來自情人的邀約，我當然只有ＹＥＳ一個選擇。

在這時採取觀望態度，會丟盡男人顏面！

我怎能浪費難得從天而降的良機？

「即刻回答呢。」

「我可曾拒絕過妳的邀請？」

「雖然沒有，但這股衝勁有點驚人耶。」

夜華微微苦笑。

「那麼你是答應了……那個，我會邀請你來我家——」

「不，妳不用全部說出來。我明白。」

夜華正要以鄭重的態度提出來，我刻意蓋過她的話頭。

我不會做出讓女性從頭到尾講清楚這種不解風情的舉動。

成熟的男人，會從隻字片語與氣氛察覺情況。

「居然知道我想說什麼，真厲害。」

夜華顯得真的很驚訝。

「我們是情人。這是理所當然的吧。」

「真可靠。」

「交給我吧。」

我簡短回答。

如果隨便試圖說話，我很可能無法壓抑住興奮和緊張。

我拚命地繃緊快露出傻笑的表情，但心臟狂跳得厲害。突突直跳的心臟，幾乎都要從體內折斷肋骨彈出來了。

「？這樣嗎，那我會做好晚餐等你。」

和我不同，夜華很冷靜。

因為是主動提出邀約，她的心情似乎在各方面都很篤定了。
那麼我作為男人，也不能害她沒有面子。
「喔。」
「……希墨，你是不是突然開始冒汗了？需要把冷氣溫度調低嗎？」
「喔。」
「希墨？」
「喔。」
我不閒聊廢話。不如說，我講不出話來。
高興得要命的自己，與幾乎要畏首畏尾的自己大吵大鬧，我的腦海處於祭典狀態。
「你發燒了嗎？」
夜華起身站到我的面前，伸手觸摸我的額頭。
「你的臉好熱，但不像是發燒了。」
夜華那以同齡的女生來說，尺寸相當大的胸部就在我眼前。
制服襯衫胸口處的鈕釦，緊繃得幾乎迸開。
好大。非常大。
在夜華身旁，每次上臂無意間碰到時，我就會心跳加速。
我總是不禁暗暗地意識到，那在擁抱時壓過來的壓倒性分量感。

由於制服也更換成夏季薄款，格外增強了那股存在感。

觸摸那個尺寸的胸部，會是什麼感覺？

我吞了口口水。

「等等，你的眼神很可怕耶。」

我似乎盯得太過露骨。夜華遮掩住她的胸部。

不妙。最新的發展終於變得帶有現實感，我平常隱藏的男人本性失控了。冷靜點，變回機敏的紳士啊。

別輸給夏日魔物(色慾)啊，我。

「我的目光被吸引過去了。」

「別說得像意外一樣，色鬼。」

「這也沒辦法吧！因為我喜歡妳！」

「真理直氣壯。」

「總比我直盯著其他女生好吧？」

「你敢這麼做我就戳瞎你的眼睛。兩眼。」

「我只有兩顆的寶貴眼球！」

夜華一臉認真地說出可怕的話。

我殷切地表達愛意，平息了夜華的不悅。

無論如何，我要去過夜。

行事曆上排滿行程是好事。

第二天晚上。我做好所有準備，出發前往有坂家。

◇◇◇

「我重新向你說聲抱歉。」

當我一抵達有坂家，在那裡等著的她姊姊亞里亞小姐以正座之姿向我道歉。

那種從總是帶著充滿自信地笑容的亞里亞小姐身上難以想像的謙遜態度，讓我心想到底發生了什麼事，陷入混亂。

「……呃，這是怎麼回事？」

我放下塞得滿滿的背包，詢問夜華。

「我們認為，姊姊在代理男友一事中給希墨添了最多麻煩，必須向你好好道歉。」

「啊，所以亞里亞小姐才會在啊。」

我終於理解了。

「為什麼一臉意外的表情？你不是知道才會過來的嗎？怎麼可能因為之前在啤酒花園見過面，就把事情不了了之呢。」

「啊～原來如此。真是講規矩啊。」

因為事情對我來說已經完全結束，老實說，我覺得事到如今也不必重提了。

「等等，希墨，不要別開視線。你在想什麼不一樣的事情對吧。」

夜華以雙手夾著我的臉龐，強行將我轉向她。

「不，我還以為只有我和夜華兩個人。啊哈哈。」

看樣子是我誤會了。

回頭想想，夜華並沒有說過是兩人獨處。

我以為是跟上次相同模式的邀約，擅自充滿了期待。

哇，好尷尬。

從我連一次也沒懷疑過來看，我之前是有多麼興高采烈啊。

「我只是想讓姊姊和希墨確實地重修舊好……」

多麼為姊姊著想！真是好孩子！

不愧是多年來太過憧憬姊姊，情結惡化的姊控。

唉，我喜歡夜華這樣坦率的一面就是了。

我總算讓從昨天開始就不停燃燒的慾火漸漸平息下來。

「……啊。咦，等等，難道說希墨你是抱著那種意思過來的？」

相反的，夜華到了現在才察覺我的想法。

「因為，收到情人叫我去她家的邀請，當然會想到那種事情吧！」

「希墨大色魔！」

「我、我在告白的時候就先宣言過，我也想做那種事了喔。妳忘了嗎？」

我只能理直氣壯地說。

我因為誤會而冒失行動是事實，但我自認沒變得輕浮到明明是高中生還輕鬆踏進情人家中的程度。雖說今天是第二次來訪，在抵達夜華居住的高層公寓後，我一直很緊張。

「我一開始也確認過，所以我記得。雖然記得……」

不知該怎麼回答的夜華，拚命尋找話語。

當然，雖說是喜歡的情人（對象），突然展露屬於雄性的一面，她會很困擾吧。

好尷尬。

衝過頭的我，以及為了出乎意料的事情而動搖的夜華。

「那個～我正座到腳麻了，已經忍耐到極限了～」

完全被拋在一旁的亞里亞小姐兩眼泛淚，解開雙腿癱坐下來。

「姊姊，真抱歉！」

「亞里亞小姐，妳沒事吧？」

「我站不起來了。腳好痛～」

亞里亞小姐顯得真的很難受。

等到亞里亞小姐不再腳麻之後，我們三人重新展開談話。

唉，事到如今，我也沒什麼要抱怨的。

「我沒有生氣，所以沒什麼原諒不原諒的。」

當我發自內心這麼告訴她，亞里亞小姐露出鬆了口氣的表情。

夜華也用同樣的面容做出同樣的表情。真是一對令人著迷的漂亮姊妹花。

「倒不如說，我為了以我的方式說服神崎老師的父母，將絆住亞里亞小姐的任務交給了夜華。雖然夜華答應了，我擔心這會不會害得妳們姊妹關係變差。所以，我很高興我們三人能像這樣自然地交談。」

在飯店與神崎老師的父母見面時，我在亞里亞小姐的代理男友計畫之外準備了另一個方法。那就是試著由老師的學生們瀨名會來進行說服。

為了使我的作戰計畫能夠成功，我判斷防止行動無法預測的亞里亞小姐插手這一點是必要條件。

為此，我拜託她的妹妹夜華爭取時間。

能夠與有坂亞里亞對等交鋒的人，除了夜華之外不作他想。

「阿希，原來你是這樣想的啊。」

「妳瞧。我說過了吧，希墨不可能討厭姊姊的。」

安慰姊姊的妹妹。那幅可貴的姊妹畫面，沒有我介入的餘地。

「亞里亞小姐。趁這個好機會，我有一件事想拜託妳。」

「是什麼呢？」

亞里亞小姐挺直背脊，等待我開口。

「請別給出別人沒有尋求的建議。妳觀察力敏銳，說話又一針見血，這個我是最清楚的。」

「嗯，是呀。」

「就算如此，出於半開玩笑或一時興起去胡亂揭穿他人隱藏的心聲，擾亂人際關係並不好。只要改掉這一點，妳真的是很可靠的大姊姊——所以，請當作這是了斷，答應我這件事吧。」

「嗯、嗯！我知道了，我答應你！」

亞里亞小姐緩緩地伸出小指。

我也察覺她的意圖，將小指勾上去。接著，我們不約而同地唱了起來。

「『打勾勾，不守約要挨一萬拳，說謊的話就要吞一千根針，約好了！』」

「這樣有效果嗎？」孩子氣的約定方式，讓我不禁笑了。

「形式很重要。」

亞里亞小姐這麼說著，望向自己的小指。

「順便呢，讓我從恐怖大魔王畢業吧。」

亞里亞小姐終於用平常的輕快語調如此說道。

「其實，我一直記恨在心呢。」

我到了現在才察覺，感到很過意不去。

「不管怎麼想，那都不是該對正值青春的女性取的綽號吧。」

「抱歉。」

「從今以後我們就作為家人來往，你也要有準備。」

「「家人？」」

突兀的字眼，讓我和夜華都發出錯愕的叫聲。

「那是什麼意思？」

「咦？阿希，將來會成為這樣不是嗎？」

「姊姊？」

夜華大喊。

沒有理會瞪著她要她別再多嘴的夜華，亞里亞小姐用老樣子的調調繼續說道：

「所～以～呢～身為監護人，我不會讓你在這個家中做色色的事！」

「突然變得正經起來了耶。」

亞里亞小姐用嚴肅的神情看著我。

「那是當然的吧。要是年輕男女共度一夜，事情不就嚴重了嗎。」

「這也突然跳太遠了！」

「那麼，如果毫不設防的小夜躺在身旁，你也忍得住嗎？」

「…………！我會忍住的。」

亞里亞小姐嗤之以鼻。

「對呀，我和希墨要那樣還太早了。之前才剛接過吻。不過我不覺得反感，啊啊，可是——」

一旁面紅耳赤的夜華，不知道在掙扎什麼。

「總之，只要在我這個監護人的目光所及之處，就不會讓你對可愛的妹妹出手！你就做好這個準備，今天住下來吧。」

「咦，可以嗎？」

「你是抱著這個想法過來的吧？雖然我不知道你的背包裡裝了什麼東西。」

亞里亞小姐瞇起眼睛，意味深長地偷笑著。

「我、我的行李無關緊要吧！不是那樣……」

「難得放暑假，就留下來慢慢玩吧。小夜也發揮廚藝準備了晚餐，如果你不吃，我們會變胖的。」

◇◇◇

如同要重新開始一般，剛烤好的披薩擺上了餐桌。

「從麵團開始都是手工製作的。請用。」

夜華準備的晚餐，是手工披薩。

我咬了一口起司還在冒泡的熱騰騰披薩。

「好燙！嗚喔，不得了！真好吃！」

水準與在餐廳吃到的披薩相比也不遜色。

黏稠融化的濃郁起司、帶著烤過小麥香味的Q彈麵團、鮮美富含脂肪的培根鹹味、番茄醬醇厚的酸味與羅勒清爽的風味。

我在轉眼間就吃完一片，伸手去拿下一片披薩。

「我另外還準備了好幾種披薩，不用客氣，儘管吃喔。」

夜華似乎對我大快朵頤的樣子很滿意。

「嗯～真是讓人想配紅酒的滋味。」

亞里亞小姐也津津有味地咀嚼著披薩，卻顯得有點不滿足。

「妳今天沒喝酒呢，真難得。」

「因為被小夜制止了。」

「那是當然的吧。至少今天要禁酒。」

夜華的眼神凌厲。

霎時間，那個無懈可擊的亞里亞小姐畏縮了。

「嗚嗚，好想喝酒～」

「姊姊，妳為什麼那麼想喝酒？」

「因為小夜做的料理太好吃了。」

「就算稱讚我，今天也不准喝。」

「小夜好嚴格。」

「妳要再回想一次自己做過的事嗎？」

「我有反省了。因為有反省，所以想要獎勵～」

「如果再鬧脾氣，那就只有姊姊沒甜點吃喔。」

「我也不要那樣。」

究竟哪一方才是姊姊啊？

在有坂姊妹以前的關係中，亞里亞小姐居於絕對的優勢地位，而夜華則毫不懷疑地聽從她。不可能對姊姊提出意見或是反駁。妹妹將姊姊視為絕對性的理想存在，那種態度近乎崇拜。

然而，我今天所看到的有坂姊妹，對於彼此的客氣已經完全消失了。

亞里亞小姐在晚餐中喝沛綠雅礦泉水，沒有碰酒。

我吃披薩吃到肚子好飽。

我已經動彈不得，在客廳的沙發上躺了下來。

「吃完飯馬上躺下，會變成牛喔。」

夜華笑著指出來。

「妳們倆才是，為什麼還吃得下甜點？」

在我身旁，姊妹正一起吃著甜食。

亞里亞小姐從百貨公司買來的甜點，每一樣都像珠寶般美麗，看來很可口。

「『甜點裝在另一個胃裡。』」

「還真是方便的胃！」

明明挺會吃的，她們兩人的腰身卻都很細，讓我很驚訝。那是少女身體的奧祕。

「希墨你至少喝得下飯後的咖啡吧？」

「我要來一杯。」

我在夏天刻意喝熱的黑咖啡。溫熱與苦味沖散口中的油脂，帶來清爽的感受。食物在腹中漸漸消化後，我很快感到有點嘴饞。

「順便一提，還有檸檬冰沙，希墨你吃得下嗎？」

「真是準備得無微不至啊。這個我還吃得下。」

「嗯。我這就去拿過來。」

夜華放下叉子，走向廚房。

我望向窗戶，東京的夜景在窗外閃爍。

不愧是高層公寓，不管看幾次都是絕景。

「感覺會成為一段美好的暑假嗎？」

亞里亞小姐忽然發問。

「是呀。光是有夜華在就很快樂了，今年還要和瀨名會的大家一起去旅行。亞里亞小姐去過那裡對吧？」

「就是紫鶴家的別墅吧。那裡建築物優美，離海邊也近，很不錯喔。很適合製造回憶。」

亞里亞小姐以前也就讀永聖高級中學，曾是我們現在的班導師神崎老師的學生。

「好期待。」

「別墅還引入了溫泉，用來休息也棒極了。」

「真是奢侈無比啊。」

就算我們是她的學生，能讓我們免費住如此豪華的別墅，真是值得感激。

「說到奢侈，那架平台式鋼琴是誰在彈呢？」

寬敞的客廳裡放著一架漆黑的平台式鋼琴。
「久等了。」夜華端來了盛在盤子上的三人份檸檬冰沙。
「小夜，阿希說想聽妳彈鋼琴。」
亞里亞小姐體貼地先行說出我的希望。
她真的很擅長判讀對方的心情。
「咦，可是我的鋼琴技巧沒什麼大不了的。」
「夜華，彈給我聽吧。」
「那就等吃完甜點之後吧。」在我也提出請求之後，她同意了。
「……對了，妳們也要吃冰沙嗎？」
「「那是當然的。」」
有坂姊妹毫不猶豫地用湯匙勺起冰沙。
我們把甜點也吃得一乾二淨，迅速地收拾完畢。
「真的別抱著期待喔。我只是以前學過鋼琴，現在偶爾會彈彈而已。」
夜華打開鋼琴蓋，手指輕輕地放在鍵盤上。
她靜靜地演奏出優美的旋律。
在寬敞室內響起的曲子，是薩悌的《裸體歌舞》。
夜華帶著淡然的神情，展現精湛的技巧。

這場演奏悄悄地撫平了因為夏天的燠熱而浮燥的心情。
最重要的是，夜華彈奏鋼琴的身影令我深深著迷。
她專注於演奏，宛如這個世界上只有鋼琴和自身存在的模樣非常美麗。
我從那純粹又敏銳的姿態，窺見了有坂夜華的特質。
使緊張感與放鬆並存，同時彈奏著鋼琴的夜華，讓我看得入神。
「獻醜了。」
彈罷一曲，夜華低頭鞠躬。
「妳彈得真好。非常好。我好感動！」
「真誇張。」面對我發自內心的鼓掌，夜華害羞地說。

◇◇◇

大家都洗好澡後，我們決定看電影直到睡意來襲。
哎呀～能看到美人姊妹花穿睡衣的模樣，真是大飽眼福。
「因為天氣很熱，來看個可怕得讓人背脊發涼的恐怖片清涼一下吧！」
「姊姊，別這樣～我想看更快樂的電影。」
相對於興致勃勃的亞里亞小姐，夜華在開始看之前就嚇得厲害。

「今天有阿希在，如果會害怕，抱住他不就行了。平常只有我們兩個，妳都不讓我看恐怖的電影。」

「恐怖的東西就是恐怖！」

夜華的反抗也成白費力氣，未能改變電影的類型。

「真是的！姊姊就愛蠻幹。」

如此抱怨的夜華雖然顯得不滿，但沒有在勉強忍受的感覺。

我們關掉寬敞客廳的電燈，在大尺寸電視上播放電影。

從結論來說，我忙著應付不同於恐懼的心跳加速。

直到電影結束為止，我一直在大沙發上被有坂姊妹從左右兩側緊緊抱住。

亞里亞小姐似乎屬於又怕又愛看恐怖片的類型。

一開始她們明明正常地坐在沙發上，但隨著劇情進展，兩人愈靠愈近，當我注意到時，已被她們自左右兩側緊緊抓住不放。

每次電影出現震撼的場面，她們就發出尖叫，用力依偎過來。我就這樣被牢牢地抓住手臂，在中央動彈不得。

真奇怪。我之所以心跳加速，是因為害怕恐怖片？還是在對漂亮姊妹花的柔軟觸感心慌意亂？我無法區分。

比起眼前的恐怖畫面，從左右兩邊毫無顧慮地擠壓過來的觸感更令我分心，對電影內容幾乎沒有留下印象。

有坂家的夜晚就像這樣夜色漸深了。

第三話　戀愛沒有暑假

今天我也因為文化祭執行委員會的會議，一早就去了學校。

我在入口處更換室內鞋，走在不見人影的走廊上，前往會議室。

暑假的學校，無比近乎於空蕩蕩的盒子。

不見人影的校舍，感覺就連空氣的味道也不一樣了。沒跟任何人擦肩而過，教室裡沒有開燈，也沒有平常應該會不知自何處傳來的說話聲。

正因為建築物很大而強調出空曠感，周遭充斥著寂靜。

由於這樣，明明是夏天，昏暗走廊上的空氣卻很涼爽。

我望向窗外，足球社的社員們正在豔陽下全力追著球奔跑。

我走上樓梯，發現我的班長搭檔支倉朝姬正好走在前面。

「早安，朝姬同學。」

「啊。早安，希墨同學。今天也好熱，真討厭。」

「而且明明在放暑假，就像這樣來學校，我們真了不起。」

「希墨同學你其實討厭學校嗎？」

「我只是喜歡暑假而已。」

「這一點我也一樣啊。啊，聽說旅行時，有坂同學的姊姊也會來？」

在啤酒花園吃完飯後，我立刻在瀨名會團體LINE群組上分享了亞里亞小姐要參加旅行的消息。

「那個，朝姫同學？因為如果不找多一位會開車的人手，大家就沒辦法一起去了。」

「鑑於情況，關於有坂同學姊姊的事情我了解了。」

「啊，這樣啊……」

她非常乾脆的反應，讓我感到意外。

「你認為我不擅長應付有坂同學的姊姊是嗎？」

「唉，因為之前發生過學生餐廳那件事嘛。」

「喔～居然是你提起那個話題啊～」

朝姫同學倏然瞇起眼睛。

啊，糟糕。我自找麻煩了。

「不，我只是作為幹事，想在最大限度上考慮周全，好讓所有參加者都能享受旅行而已，別無他意。」

「既然你這麼說，你們在我不知道的地方聚會，更令我耿耿於懷喔。而且連你的妹妹也一起去了，幾乎是家庭之間的聚會不是嗎？」

「我只是和妹妹看電影，結果臨時聚在一塊而已。老師也在場，我們完全是在商量旅行事務。」

「是嗎？」

「是啊。」

我們抵達會議室前。一打開門，氣氛就為之一變，熱鬧的聲音洋溢而出。

「唉，是因為有你當幹事，我們才能去神崎老師的別墅玩。」

為了避免旁人聽到，朝姬回過頭偷偷地對我講悄悄話。

她的吐息弄得我發癢，我不禁摀住了耳朵。

「嗯？怎麼了，希墨同學。」

仔細確認過我的表情後，朝姬同學先行走進了會議室。

在暑假期間仍聚集在這裡的大批學生，都是文化祭執行委員。

在永聖，文化祭執行委員會——簡稱文執，設於學生會之下，由全學年所有班級的班長和志工所組成。

永聖高中舉辦的秋季文化祭，經由傳奇學生會長有坂亞里亞之手，擴展至現在的規模。

伴隨而來的大量準備工作，也像這樣在暑假期間進行。

因為三年級生要準備大學考試，實質的作業主力是我們這些二年級生。

而今天，是決定各部門負責人的重要會議日。

如會計、審查、宣傳、設備管理、舞台等等，文化祭以學生會作為最高管理層，發生了涉及各方面的業務。

依照負責哪方面而定，別說暑假，直到文化祭為止的忙碌程度都會有大幅的變化。

朝姬同學帶著笑容與朋友打招呼並入座，用手機拍下嘈雜會議室內的情景。

「這個也要發到社群軟體上嗎？」

「嗯，用來強調我暑假期間也在努力參與學校活動。讓大家知道，當大家享受暑假時，我們這些認真的班長正穿著制服來到學校。」

朝姬同學一如往常地開始更新社群軟體。

她迅速移動手指，加工照片，思考文案，並加上大量的標籤。

「會議馬上就要開始了耶。」

「不要緊。反正身為關鍵人物的學生會長大概會遲到。」

正如朝姬同學所說的一樣，會議明明即將開始，唯獨位於中央的議長座位卻是空著的。

「好了，像這種感覺怎麼樣？」

朝姬同學把手機畫面拿給我看。

「我們班在文化祭上要做什麼呢？」用這句話做結尾的文案，是針對同屬二年A班的同學們寫的貼文。

明明是暑假上午，文章陸續收到了許多留言。

朝姬同學細心地回覆了那些為我們加油，以及談到想在文化祭上做哪些事的評論。

多虧朝姬同學本身的人氣與善體人意，我們二年A班的氣氛很好。

她透過這種鋪陳來提升同學們的動力，使得許多人把參加學校活動當作分內事，而非被迫參與的苦差事。

我們在春季班際球賽上能獲得優勝，也是全班在朝姬同學的呼籲下團結一致，以及妥善分配人才的成果。

「朝姬同學真是勤勉呢。」

「因為我做得樂在其中。啊，真好。她說從一早就和男朋友去游泳池了呢。」

我以為她在回覆，但她不知不覺中看起了班上女同學的發文。

在她拿給我看的照片上，穿著泳裝的女生濕漉漉的瀏海貼在額頭上，露出燦爛的笑容，與情人一起比出V字手勢。

「看到這種照片，就覺得對旅行迫不及待呢。」

「對呀！真想快點去海邊玩水。」

朝姬同學迅速地輸入風趣的留言，看著滑過畫面的社群軟體河道。

儘管對即將到來的旅行充滿期待，看到寫在前方白板上的今日議題，我被拉回了現實。

學。

「朝姫同學，我們盡可能找個輕鬆的負責工作吧。」

「為什麼？難得有機會，我們就負責舞台部門，好好地製造回憶吧。」

對參與學校活動態度積極的朝姫同學，偏偏提出了工作最吃重的負責部門選項。

與被神崎老師指名才不得已擔任班長的我不同，朝姫同學的目標是以推薦入學錄取大學。

這個動機上的差距是無計可施的。

「我去年負責過舞台部門，所以才給妳忠告，工作會忙得不可開交喔。」

「反正活動當天各處都會手忙腳亂。那是活動的醍醐味，所以選擇最辛苦的地方，不是才有意思嗎？。」

「當時因為太過忙碌，我連自己班上的展示都只能抽空參加耶。」

「那是因為去年的希墨同學，還去幫忙了輕音樂社的叶同學吧。」

「咦，原來妳知道啊？」

因為去年我和朝姫同學不同班，我還以為她不知道這件事。

「你不是讓叶同學瀕臨解散的樂團登上舞台的功臣嗎？至少在文執，這是個著名的故事。現場表演氣氛熱烈，去年的舞台負責人代表也大受讚譽喔。」

「這方面我倒是不知道。因為最後太累了，我連記憶都模糊了。」

「我看你的興趣，其實是一頭栽進麻煩事裡吧？」

面對朝姬同學開玩笑般的視線，我只能苦笑。

「沒辦法啊。當時與我同班的叶，在正式上場前兩週，團員們因為樂團內部戀愛糾紛大吵一架，在我出面調解之後，她哭著求我直接繼續接手當經理。總不能甚至讓主舞台的企畫案開天窗吧。」

「你還是老樣子，很受人依靠呢。」

我一直忙到文化祭結束為止，幾乎無法去夜華所在的美術準備室。夜華在我勉強擠出時間順道過去時，為我沖泡的咖啡，是我當時唯一的療癒。那咖啡真的很好喝。是無比幸福的一杯。

「由於這樣，在文化祭期間，我只記得自己一直跑來跑去。」

為什麼比運動會時的活動量更大啊，我在心中抱怨。

「那不是很好嗎。雖然以遊客的身分享受活動也不錯，作為主辦方讓大家都玩得開心，不是更有成就感嗎？」

「話是沒錯，但我今年想悠哉享受樂趣就行了。」

我想盡可能減少幕後的工作，當天和夜華來場文化祭約會。

「不過，就算放著不管，感覺希墨同學也會自己忙碌起來呢。」

朝姬同學說出了彷彿目睹了未來般的發言。

「別作那種討厭的預言啦。」

「對了，在這次文化祭準備期間，有許多男女成雙成對了喔，你知道嗎？」

如果環顧教室，可以看到有幾對男女，儘管是在學校活動的會議上，距離卻異樣地接近。看來文化祭魔法已經發動了。

「有時候長時間相處，關係就會變得親密。」

「要是我們也變成那樣就好了。」

「不，要是變成那樣就糟了吧。」

「我是說真的。現在是夏天，即使放縱一點，我明明也無所謂的。」

「朝姬同學真會開玩笑。」

「認真地做班長的工作，開心地過私生活是我的原則。你只是碰巧符合這兩方面的對象而已。」

進入暑假之後，朝姬同學變得不再顧慮。

面對已有情人的我，她的距離感與態度變得更加帶著好感。

「作為朋友，能被列入開心的類別，我就放心了。」

「……你明明可以露出更為難一點的表情。我明明喜歡的。」

朝姬同學一臉認真地這麼說。

「喜歡看別人為難的表情，真是少見的興趣啊。」

「我不是指那個意思。不過，你果然很有趣。」

朝姬同學爽朗地笑了。

作為班長搭檔，我和朝姬同學即使在暑假也會定期碰面。

她似乎反倒很享受在向我表達過愛意的狀態下，這種曖昧的距離感。

「感覺有種酸酸甜甜的氣氛呢。小瀨名和朝姬感情有這麼好嗎？」

我回頭一看，一名相貌端正的男學生不知不覺間已站在那裡。

「花菱。別擅自摻進來。」

朝姬同學皺起眉頭。

「嗨，早安。朝姬今天也很可愛呢。」

如呼吸般自然說出甜言蜜語的人，是學生會長花菱清虎。

這個頭髮染成淺色系的帥哥，是散發耀眼氣質的王子型角色。

他甜美的帥臉上浮現圓滑的微笑，態度溫和，言談間具有獨特的幽默感，彷彿覺得很耀眼地注視對方的眼眸，帶著慵懶的性感。身材修長高䠷，明明同樣穿著男生制服，卻比任何人都有清潔感，給人清爽的印象。

儘管如此，他無論對誰都會直爽地攀談，受到不分性別的歡迎。

特別是加上不比偶像遜色的相貌，他從入學開始就在女生之間引發討論。

大家給他取的綽號是清虎王子。

當這樣的他，準備萬全地參加學生會長選舉，會在全校投票中以大幅領先的票數當選，也是當然的。

「你好像沒聽到別人講的話。」

朝姬同學直到剛剛為止的高亢聲調，一口氣變得低沉起來。

「學生會長怎麼能遲到呢，花菱？」我開玩笑地指出這一點。

看看時鐘，已經過了會議開始的時間。

「小瀨名，我身為學生會長，不想造成大家的壓力。這麼做是我希望大家放鬆地參加會議的體貼啊。」

花菱說得好像遲到是經過計算的行動一樣。

「像這種事情，只是做事隨便而已吧。」

朝姬同學一臉傻眼地告誡他。

「因為是學生會長，所以才像高官上班般晚到嗎？」

「那只是遲到！」

朝姬同學一一糾正花菱的話。

「依照慣例，主角不都會晚一些登場嗎？」

「誰是主角啊。」

「朝姬還是那麼嚴格。不過這樣很刺激，我喜歡就是了。」

「快點坐下，學生會長。」

朝姬一直對花菱的態度感到很煩躁。

無論對任何人都能機智應對的朝姬同學，罕見地表露出情緒。

「我知道了。既然前妻都這麼說了，那也沒辦法。」

「誰是你的妻子啊！」

朝姬同學用傳遍會議室的音量大喊。

「朝姬，對妳而言，我已經是過去的男人了嗎？如果是那樣，我覺得好寂寞。一年級的時候，我們不是一起相親相愛地當過班長嗎？」

「不管過去、現在、未來，我都不記得跟你相親相愛過。別用奇怪的藉口找碴！」

咬牙切齒的朝姬同學，按捺著隨時都要歇斯底里大叫的衝動。

「咦咦～小瀨名也記得，我和朝姬感情有多好吧？」

花菱和朝姬同學去年同屬B班，擔任班長。

因此花菱也認識同樣當班長的我，親近地叫我「小瀨名」。

「我記得你被她管得死死的。」

「講得好像我們是夫妻一樣，聽了好害羞喔。對吧，朝姬？」

「好了，快點給我開始開會！」

朝姬同學趕走一直無意離開的花菱。

「真是的，就算經過一年，也沒有半點進步。」

「妳對待花菱好像比去年更嚴厲了耶？」

「因為那傢伙鬆懈的態度一定是故意的吧。明明只要拿出幹勁就能做好，卻刻意裝作不認真的樣子。那種隨便的態度最令人火大了。」

聚集在教室前方的學生會成員們，就像正等著花菱般上前迎接。

光是看到那幕情景，就能清楚看出花菱清虎受到信賴。

「而且他成績還是學年第三名。」

第一學期的期末考排名，第一名是夜華，第二名是朝姬同學。至於第三名則是花菱。

「對吧！真的很討厭吧。去年也是，平常他都把作判斷的地方通通推給我，只過問關鍵重點。偏偏他的建議都很準確，這也讓我很不爽！」

在我不知道的地方，朝姬同學好像累積了各種壓力。

因為她平常完全不會表露這種不滿或怨言，今天直率的朝姬感覺很新鮮。

「要說是偷工減料嗎，花菱給我非常擅於放鬆的印象。」

我盡可能試著積極地維護他。

花菱既沒有偷懶，也沒有故意冒領別人的功勞。

他並不粉飾自己，所以平常與發揮本領時的落差才感覺特別大吧。

「太天真了！希墨同學太和善了！你太過從善意的觀點看待那傢伙了！」

「要說能將最大的好處收為己有是一種才能，那也沒錯啊。」

就算想引人注目，沒有實力也難以做到。

永聖學生會長的職責，沒有輕鬆到是僅靠偶像人氣當選的人可以勝任的程度。

正因為兼具人氣與實力，花菱清虎才是學生會長。

「倒不如說，我對希墨同學的評價，一方面是因為花菱的關係而上升的。我發現你能察覺我的辛苦並默默地幫忙，非常值得感激。」

朝姬同學感慨地說。

我很驚訝，沒想到我的好感度曾因為這種追撞車禍般的理由而上升啊。

『好的，大家久等了。今天我想分配文化祭的工作。本來想按照順序決定，不過就先從我最重視的舞台部分開始吧。』

花菱的聲音透過麥克風在會議室內響起。

今天的會議結束後，我趴倒在桌上。

「不會吧——……」

「別鬧脾氣了。已經決定的事情也無可奈何吧。」

「因為，我沒想到自己偏偏真的連續兩年都負責舞台部門。」

自己的希望實現，讓朝姬同學心情大悅。

會議一開始，花菱就說了什麼：『舞台部門是活動的明星，但要做的事情也很辛苦，首先就以有經驗的人為優先』，一下子縮小了候選人員的範圍。

這時候，朝姬同學違背我的意思，報名成為候選人。

現場形成了「支倉朝姬深受同學年學生信賴與歡迎，交給她不會有問題」的氣氛。

『我對朝姬的實務能力打包票。她的搭檔是去年有舞台負責經驗也有實際成果的小瀨名，是完美的選擇啊。』

在學生會長花菱的一句話之下，知道我去年在叶的樂團方面工作表現的三年級生們都表示贊同，一年級學生也順勢跟上。

於是，會議早早地敲定了由朝姬同學和我擔任舞台負責人。

「看來這會是個愉快的夏天呢。」

「朝姬同學，妳沒有暗中先跟花菱談妥吧？」

「我怎麼可能跟那傢伙聯手！」

朝姬同學斷然否認。

「我和朝姬只是心意相通而已。小瀨名。」

花菱再度走了過來。

「別過來！別跟我說話！給我回去！」

「啊哈哈，朝姬真不坦率。」

「這通通是不加掩藏的真心話！」

情緒化的朝姬同學和一直游刃有餘的花菱，兩人的態度形成對比感覺很有趣。

「怎麼講呢，你們兩人的互動好像說相聲一樣。」

「聽你這麼說太遺憾了。」

朝姬同學打從心裡不願意。

「就是夫妻相聲對吧。真不愧是小瀨名，你很懂喔。」

花菱指了指我，就像在稱讚我說得好。

對了，在剛入學時，他們因為是俊男美女的班長搭檔，互動又毫不客套，曾有一陣子傳出兩人在交往的傳聞。

不過後來自稱是花菱情人的女生一個接一個出現，傳聞就在不知不覺中消失了。

「居然和花菱被列為一組看待，對我打擊太大了。」

「那不是糟糕了嗎，朝姬。我來安慰妳。」

他太過迅速的反應，使得朝姬同學的表情越發險惡。

「有你在，會打亂我的步調。你也是時候理解這一點了。」

聽到朝姬同學摻雜嘆息的懇求，花菱愣住了。

「——美人的臉蛋蒙上陰影，是世界的損失啊，朝姬。」

帥哥一臉認真地脫口說出這種肉麻的台詞。

「是因為你而蒙上陰影。」

「……真奇怪。當我開口稱讚，女生明明都會很高興的。」

「少自我陶醉了，你這個自戀狂。」

「這是承認我很美嗎？朝姬真有眼光。」

花菱就像已經聽別人說慣了一樣，浮現充滿自信的微笑。

「真是無法溝通！」

朝姬以銳角吊起眉毛。

花菱有著不管在誰眼中都很天然的一面。有些人說那會刺激母性本能，另一方面，也有人表示會因為對話無法溝通而累積挫折感。

朝姬的情況似乎完全是後者。

當我們像這樣站著聊天時，會議室內突然開始騷動。

「希墨，會開完了嗎？」

從會議室入口探出頭的人，是我的情人有坂夜華。

「咦，有坂同學？」「有坂學姊果然很漂亮呢。」「原來她真的存在啊。」「能這麼近距離看到有坂同學，今天真幸運。」「咦，為什麼放暑假了，有坂同學卻在學校裡？」「你不知道啊？她在二年級有正在交往的男朋友。」「是這樣嗎？是誰？」「呃～是誰來著？」

「你不知道喔！」

有坂在意著周遭的視線，在確認會議已經結束後，走到我身旁。

「我來接你了。我做了便當，一起吃吧。」

好的，大家聽到了嗎？剛剛說出令人心花怒放台詞的她，是我的情人！

我不禁想炫耀一次有坂夜華這個全校第一的美少女。

我壓抑這種作為情人的喜悅和興奮，保持一如往常的態度。

「妳會特地過來露面，是怎麼了？」

她只要像平常一樣在美術準備室等候，我就會過去，夜華卻主動來到聚集了許多人的會議室，令我很驚訝。

「我總覺得等不及了。」

夜華的話讓我不禁心動。

我在暑假中也要到校準備文化祭，而夜華會前來學校與我見面。

「謝謝妳，夜華。」

今天夜華也好可愛。不如說，我的情人總是很可愛。

「原來小瀨名跟有坂同學在交往的消息是真的啊。你們像這樣站在一起，看起來很相配呢。」

即使面對夜華，花菱也毫不在意地攀談。

「——你是誰？」

連自己學校的學生會長也不認識，真不愧是夜華。而且還是讀同學年。

儘管因為突然被陌生人攀談抱著戒心，聽到他說我們很相配，夜華看起來還滿高興的。

「我是B班的花菱清虎。現在也在當學生會長。請多指教，有坂同學。」

「你跟希墨認識？」

「我和小瀨名是獨一無二的好友。去年我們都擔任班長，互助合作過。」

看到夜華和初次見面的人好好對話，我很感動。

雖然交談對象是面對夜華也不為所動的花菱也是一大原因，不過這是在初春時難以想像的成長。

「原來希墨還有七村以外的好友啊。」

「七村？我比那傢伙更重要吧！對吧，小瀨名。」

花菱的笑容在今天第一次垮了下來。

花菱對身為男子籃球社王牌，又受女生歡迎的七村燃起對抗意識，偏偏找我做確認。

「你和我是好友嗎？」

「小瀨名，好過分喔？」

「我騙人的啦。我們是感情不錯的朋友。」

「小瀨名……」

花菱高興地看向我。

他就是像這樣表裡如一的坦率男生。

「真是古怪的學生會長。」

「這就叫人見人愛的人物啦。」

「比起這個，我們快去吃午飯吧。」

對清虎王子不怎麼感興趣的夜華，準備帶著我一起走出會議室。

「每次都跑來礙事，有坂同學妳很閒嗎？」

朝姬同學拋出的台詞，讓夜華停下腳步。

「因為某人可能拿班長當藉口，黏著我的男人啊。」

「真愛操心。妳對自己就這麼沒自信嗎？」

「那怎麼可能？我們只是在學校裡約會而已。」

「明明忍耐到第二學期就行了。」

夜華和朝姬同學臉上保持笑容，同時在言詞上互毆。

唯獨這兩個人，我總覺得連我也無法扮演她們之間的橋梁。

「好了，不可以妨礙情侶喔，朝姬。來，和我一起吃午餐吧。包含文化祭的事務在內，我有事想找妳商量。」

花菱試圖將朝姬同學從我們身旁帶開。

「我話才講到一半！」

「小瀨名，朝姬由我帶走了。好了，Let's go～」

「別妨礙我。啊，別把手放在我肩膀上，花菱。」

花菱朝我眨眨眼，強行將朝姬同學帶出會議室。

像這種地方，就是花菱清虎的優秀之處吧。

「看起來能做的不錯嘛，這個人或許用得著。」

因為夜華露出在盤算什麼的表情，我警告她。

「話說在前頭，他可是永聖的學生會長。他跟亞里亞小姐屬於同種類型喔。」

「咦，那不是猛藥類型嗎？」

我拿她姊姊亞里亞小姐當例子，夜華不禁畏縮起來。

◇◇◇

即使正在放暑假，我們相聚的地點也一如往常的是美術準備室。

我在開著冷氣的室內，與夜華兩人獨處。

「今天的午餐，我試著做了三明治。」

夜華打開午餐盒的蓋子，裡頭整齊地裝滿了用麵包夾著各種餡料的三明治。口味有培根生菜番茄、雞蛋、火腿和黃瓜、蝦和酪梨、照燒雞肉、海底雞佐美乃滋。還有簡單的草莓醬和花生醬三明治。種類豐富，不僅每一種看起來都很美味，而且大小適中，看來容易入口。光從外觀，就能感覺到夜華投入了多少心力。

「感覺非常精緻呢。做起來很辛苦吧？」

進入暑假後，夜華開始做精緻講究的便當。

每次造成她的負擔也過意不去，即使去外面吃東西也無所謂。當我這麼說——

『我想跟你兩人獨處。而且，我希望你吃我做的菜。』

她害羞地回答。

真是惹人憐愛的情人。

這樣我不是會愈來愈喜歡妳嗎？

在暑假不情願的來學校，也只有能和夜華共享午餐成為了唯一的樂趣。

發展順利的戀愛像魔法一樣。

那些理所當然的日子、瑣碎的小事、無聊的時間，不斷變成特別的事物。

「只是切好餡料夾起來而已。我已經做得很熟練了，沒什麼大不了的。種類會很多，是因為我不喜歡餐盒裡有空隙，所以將昨晚剩下的配菜也夾進麵包、將麵包塗上果醬裝進去而已。」

夜華謙虛地說得彷彿這很簡單。

三明治是方便食用的料理，做起來卻很費事。如果沒有好好按照步驟，就會發生餡料的水分弄濕麵包等等狀況，導致味道變差。

「一直以來都謝謝妳了。」

「嗯。別客氣，吃吧。」

我馬上吃起培根生菜番茄三明治。

煎培根的鹹味和鮮味、新鮮生菜的爽脆口感與番茄的酸味融為一體，在口腔裡擴散開來。正因為簡單，食材的品質和廚藝水準左右了滋味。

「非常好吃。不愧是夜華，真會做菜！」

我轉眼間就吃得精光。

「好了，不必吃得那麼急，還有很多喔。」夜華將飲料遞給我。

今天的飲料是冰伯爵紅茶。

「好吃的東西，只要吃了一口就停不下來了。」

「你喜歡的話就好。」

看到我的反應，夜華也終於開始進食。

「明明妳也一起吃就行了。」

「因為我擔心你的反應嘛。如果不好吃，我會覺得很抱歉。」

「夜華做的料理怎麼可能不好吃。不管是什麼樣的東西，我全都會吃！」

「聽你這麼說，做菜真有成就感。」

「因為我的胃已經被妳牢牢地掌握住嘍。」

我自信滿滿地宣言。

「我偶爾也會有失敗的時候呀。」

雖然夜華含蓄地說，在我至今吃過的她所做的料理中，沒有一樣不好吃的。她的廚藝的確出色，而且調味也配合了我的喜好吧。

我像平常一樣熱切地吃著三明治。

夜華也一起吃，但更多時間是在愉快地看著我進食的模樣。

「妳也多吃一些啊。只有我在吃，感覺很過意不去。」

「我在做三明治的時候試吃過了，別在意。」

「妳不會是因為苦夏而沒有食慾吧？」

我停下吃東西的動作，伸手摸摸夜華的額頭。

「我沒事啦。希墨真愛操心。」

「如果夜華在勉強自己，我會很擔心。」

「可以和情人快樂地共進午餐，我的肚子和心靈都飽飽的，你放心吧。」

她的每一個反應都惹人憐愛。

夜華散發的可愛氣息太多，沐浴在氣息中的我達到了飽和狀態。
糟糕，明明開著冷氣，我卻快頭暈了。
「和夜華在一起，我都快迷失自我，變成軟骨頭了。」
「如果變成那樣，需要我來看護你嗎？我不介意喔。」
覺得很有趣的夜華這麼說著，摟住我的手臂。
「可惡，明明身體很健康，我卻想被看護？」
我女朋友的可愛度突破極限過頭了。
有她像這樣在旁邊逗弄我，我也沒辦法平靜地吃飯。
如今我清楚地了解，食慾、性慾、睡眠這三大需求不會同時成立。
因為每一種對人類來說都很重要，哪一種都無法忽視。
「好了好了，希墨現在要好好吃飯，以免身體不舒服喔。」
夜華將手中的三明治送到我嘴邊。
我張大嘴巴咬下。
嗯，好吃。
「好，你很棒喔。」
儘管她用哄小孩的口吻對我說話，我卻不禁感到滿高興的，真不甘心。

我把三明治一個也不剩地吃光。肚子吃得好飽。

「我吃飽了！」

「啊，希墨，你嘴角有麵包屑。」

「咦，真的嗎？」

我擦擦自己的嘴角。

「不對，在另一側。我幫你拿掉，別動喔。」

「嗯。」

我還以為她會用手指幫我拿掉，她卻突然將臉龐湊近。

「咦，夜華？」

「別動。」

她直接以舌尖舔掉麵包屑。

「好了，拿掉了。」

面對夜華可親的笑容，我不知道該說什麼才好。

明明做出這麼大膽的舉動，夜華卻故作鎮定。看到我驚訝的表情，她顯得很愉快。

「……這樣也太奸詐了吧。」

我又是高興又是難為情地掙扎起來。

「你是指什麼呢？」
「讓我想接吻了。」
「真、真直接。」
「誘惑我的人是妳吧。」
「我明明只是幫你擦乾淨嘴角而已。」夜華在裝傻。
接吻很偉大。
只要一度明白接吻的魔力，就再也無法回到從前的自己。
「吶，我也實在無法忍耐了。」
「——那你要怎麼做？」
夜華刻意用挑釁的眼神看向我。
「這個嘛。只能堵住那張惡作劇的嘴巴，以免繼續被迷惑了。」
我親吻了夜華。
像這樣讓那張吐出甜言蜜語的小嘴閉上。
無論確認過多少次，我都不會厭倦她嘴唇的柔軟。
當我一度挪開臉龐，情人熱情又濕潤的臉蛋出現在眼前。
喂，夜華小姐。妳不會太可愛了嗎？
「真積極。」

「這是餐後甜點。裝在另一個胃裡。」

「對我來說太甜了就是了。」

「不會蛀牙的喔。」

「這會上癮，成癮性太高了。」

「正如我的計畫。」

「好可怕的情人。」我開了個玩笑。

「我只是對可以撒嬌的對象不會客氣而已。」

「如果妳對我以外的人做這種事，那就傷腦筋了。」

「放心，我只會和希墨接吻。」

「妳自己也說出了接吻兩字啦。」

「那麼，你不吻我嗎？」

我們就這樣再度唇瓣相觸。

幕間一

現在是暑假，但為了與朋友見面，我宮內日向花在相隔許久後來到學校。
約定的時間是兩點，不過我早到了一點。
「啊，不知道墨墨是不是也在美術準備室。」
我想起來，身為班長的墨墨來學校準備文化祭的日子，會和夜夜一起吃午餐。
難得有機會，我決定順便去美術準備室看看。
只是露個臉，不必發訊息通知他們吧。如果不在，那也沒關係。
不過，去輕音樂社的社團教室時，如果有墨墨在，很令人安心。
獨自走在正值盛夏卻陰涼的昏暗走廊上，有種奇妙的感覺。
「夜夜、墨墨，你們在嗎～？」
我敲敲門，試著呼喚。
「日、日向花？」
裡面傳來夜夜語調慌張的回應。
「我可以進去嗎？」

「等、等一下！我們才剛吃完午飯，我現在就收拾！」

「我不介意啊。」

裡面手忙腳亂吵吵鬧鬧的。收拾便當有那麼麻煩嗎？

「請、請進。」

當我進屋時，墨墨不自然地站在離夜夜格外遠的地方。

「嗨，小宮。」

他像平常一樣用綽號稱呼我，樣子卻怪怪的。

「墨墨，你怎麼了？」

「什麼？我沒怎麼了啊。」

「……你為什麼在撫摸石膏像？」

「我、我正在用手再次確認女神藝術性的身材曲線。」

行動太可疑了。他們之前不是單純地在吃午餐嗎？

「你們是情侶，要摸去摸自己的女朋友不就行了。」

「小、小宮～？」「日向花？」

「——我開玩笑的。要注意別因為是夏天就太過春心萌動喔，因為這裡是學校。」

當我直盯著他們看，兩人不知為何很慌張。

「對了，妳怎麼來了？有事找夜華？」

「今天我是來找墨墨的。」

「我？」

「那個，我想找你陪我一起去輕音樂社。」

「……輕音樂社？」

「未未好像需要幫助。」

「妳說叶？」

一年級時跟墨墨、我和夜夜同班，輕音樂社的叶未明，今年也遇到了麻煩。

在她找我商量之後，我擔心地來到學校。

一聽到未未的名字，墨墨大大地嘆了口氣。

「原因和去年類似。」

「那個問題兒童好像還是老樣子。」

「吶，是不是又冒出新的女人名字了？希墨、日向花，說明一下！」

夜夜立刻察覺未未是女生。

真有一套。

先前神崎老師的代理男友一事也好，她姊姊的企圖與朝姬的理直氣壯也好，我總覺得夜夜變得愈來愈敏感了。

不過，夜夜好像不記得，她以前也和未未同班的事。

「不要緊的，夜夜。不用擔心也沒關係喔。」

「而且，叶是七村的前女友。」

「七村的前女友？」

夜夜如青天霹靂般大喊。

「日向花，這是真的嗎？」

「是啊。」

「那就沒有問題了。」

夜夜坦率地相信我的話，讓我對自己與她之間的友情覺得很高興。

「妳反倒該先相信我說的話吧。」

墨墨顯得有點不滿。

「只有在女性關係方面例外。因為希墨有稍微欠缺自覺的一面。」

「怎麼可能，又不是戀愛喜劇漫畫。」墨墨嗤之以鼻。

因為他當真這麼覺得，要生他的氣也氣不起來。

他的和善，並非出自於想受到女生歡迎的企圖。

這個叫瀨名希墨的男生，對待任何人都一視同仁，在對方遇到困難時，會不遺餘力地給予幫助。

因為這樣的性格，讓他自然地獲得周遭眾人的信任，有時還會有女生喜歡上他，只是如此罷了。

「那麼，墨墨，你接下來能和我一起過去嗎？當然，還有夜夜也是。」

「既然成為舞台負責人，反正都得和叶見面的。我知道了，總之我過去看看情況吧。」

儘管面有難色，墨墨還是同意了。

「我、我也可以去嗎？」

「那當然了。聽演奏的人愈多，她應該會愈高興。」

於是，我們決定三人一起前往輕音樂社的社團教室。

「吶，墨墨。說真的，你們剛才在做什麼？」

走在走廊上，我偷偷地問墨墨。

「只是在吃夜華為我做的三明治而已。」

「——你的嘴角沾著夜夜用的護唇膏喔。」

「咦？」

墨墨慌張地抬手擦拭嘴角。

「喔～～你們真的在接吻啊。」

「啊……小宮，妳是試探我啊。」

「討厭啦，情侶卿卿我我不是當然的嗎。」

「不，或許是、這樣沒錯，但是……」

「明明用不著害羞的。」

「就算妳這樣說……」

他面紅耳赤，狼狽不堪的模樣很稀奇。

墨墨一副不知該如何反應的為難樣子。

「事到如今，明明不用在意的。」

我發自內心如此告訴他。

第四話　搖滾樂從不停歇

先前的路上明明沒有半點人影，但在輕音樂社社團教室前的走廊上，卻擠滿了社員。

他們沒有在練習，而是站在關上的社團教室門前，觀察裡面的情況。

一般高中的輕音樂社，社員人數頂多是一個學年十人，總計三十人左右吧。

不過，也許是受到叶未明領袖魅力般的人氣影響，永聖的輕音樂社是超過五十人的大規模社團。從初學者等級到實力超越高中生的技巧派，他們組成各種類型的樂團，每天向音樂燃燒熱情。

社員們全都面露困惑的表情，看得出他們很擔心叶未明。

「好了~不好意思！我去叫未未過來~！」

小宮嬌小的身軀帶頭分開人牆前進。

「宮內同學，妳來了啊？還有瀨名同學——咦，連有坂同學也來了？」

去年與我們同班的輕音樂社社員，注意到我們的到來。

隨著那句話，社員們宛如摩西分海般猛然讓出路來。

夜華出乎意料的登場，令社員們感到驚訝。面對冒失的目光，夜華露出不高興的表情，讓社員們退後得更遠了。

「果然討厭被人們盯著看。」

夜華在我身旁小聲的抱怨。

「看來叶鬧得很厲害啊。」

即使隔著做過隔音措施的牆壁，也聽得見電吉他聲。

「那是她平常類似發洩壓力的儀式。」小宮不介意地說道。

「儀式？」

「她說想排遣心情的時候，獨自用大音量演奏，就會感到暢快。」

「小宮，原來妳跟叶感情這麼好啊。妳和其他社員好像也滿熟的。」

「我和末末在音樂偏好上相投，從去年開始，我就不時會來輕音樂社走走。」

「小宮，妳明明很會唱歌，卻沒有加入社團耶。」

「我基本上專門當聽眾。」

小宮格外地強調，她對於向別人展現歌喉不感興趣。

「——這個人彈得非常好。」

意外的是，夜華表現出興趣。

「夜夜會彈奏什麼樂器嗎？」

「我只是小時候學過鋼琴而已。」

「別謙虛啦。之前我在夜華家聽過她演奏鋼琴，技巧很好喔。」

「宮內同學，叶同學就拜託妳了！瀨名同學也是，請像去年一樣幫助她。」

輕音樂社的所有人都對我們投以期待的眼神。

不，我可沒說會答應當經理喔。

「吶，希墨、日向花。那位叶同學，在哪方面是問題兒童啊？」

無法掌握狀況的夜華重新詢問。

「未未她呢，是技巧卓絕、多才多藝的樂手，輕音樂社的領袖人物。是去年文化祭的主舞台表演上，讓所有觀眾聽得起立的搖滾女王。」

「同時也是樂團殺手。」

「……意思是說，她有音樂才華，但非常招蜂引蝶嗎？」

夜華總結小宮和我的說明。

「如果那麼單純的話，事情就輕鬆了。」

當我如此回答，夜華露出愈來愈不解的表情。

小宮用力打開了門。

霎時間，如落雷般的電吉他轟鳴聲溢出。

我們慌忙關上門，以免聲響外洩。

在拉上窗簾的昏暗社團教室內，尖銳的樂聲如同迸散的火花。

穿著迷你裙的辣妹，正甩動一頭金色長髮彈著電吉他。

神乎其技，超乎常軌的高速彈奏。

修長的手指，自由自在地在琴頸上滑動。

彷彿將憤怒宣洩在音色中的激烈演奏。

明明是這樣，卻不知為何很有吸引力。

演奏在失控邊緣沒變成噪音而作為旋律成立，是因為演奏者卓越的技術吧。精確無比的手指動作，表演內蘊含的豐富情感色彩和強勁力道，不由分說地撼動聆聽者的心。

連我這個外行人也了解叶未明的出色。

小宮著迷地注視著她。

夜華也張大眼睛，聽得入神。

全心投入演奏的叶未明沒有發現我們進來了，繼續彈奏電吉他。

我們對於打斷如此神乎其技的演奏感到遲疑，沒辦法開口呼喚她。

不過，轟鳴聲突然中斷。

「呼～真暢快。」

叶用散漫的拖長聲調悄然說道，簡直不像直到剛才都在激烈演奏的人物。

然後，她長長地吐出一口氣，撥起凌亂的汗濕長髮。此時，她終於注意到我們。
「咦～大家什麼時候來的？嚇我一跳。」
就算用大音量演奏，居然絲毫沒發現我們進門，她剛才到底有多專注啊。
「未未，我帶墨墨過來了喔～」
「謝謝。關於阿瀨的事情，拜託日向花最有效了。」
和叶未明感情很好的小宮踩著小碎步走向她，合起雙手。
「誰是阿瀨啊。妳還是老樣子，演奏時的樣子與平常的落差也太大了。」
「好了好了，那個綽號等於是我對親愛的經理的信任證明嘛。謝謝你過來。」
「好久不見，叶。」
「阿瀨看起來也很有精神呢。雖然社團教室亂糟糟的，請坐請坐。」
叶未明無憂無慮地笑了，把電吉他從肩頭拿下來，靠到架子上。
讓對方感到舒適的大舌頭語調，悠哉的表情與放鬆的動作。
如果閉上眼睛與她交談，會覺得她是個溫順又可愛的女孩吧。
然而，她的外表用一句話來評論，就是辣妹。
叶並非出於自己的興趣作了辣妹裝扮。
她身材火辣，相貌在任何人眼中看來都很豔麗。她有四分之一拉美血統，留著深金色長髮，有一身淺黑色的肌膚。深邃的五官眉目分明。她不僅個子高，腰際位置也很高，因為把制服裙子改短了，更強調出一雙長腿。

這位散發獨特異國魅力，感覺很成熟的同學，原本的外表就像辣妹。

「我拉開窗簾喔。妳彈電吉他彈了多久啊，都渾身是汗了。」

當我拉開窗簾，強烈的夏日白光讓我一瞬間險些眼花。

我順便打開窗戶，略作通風。熱風一口氣湧進了被冷氣冷卻的房間裡。

「啊～暢快多了。口好渴。」

叶從包包裡拿出毛巾擦汗，咕嘟咕嘟地喝著礦泉水補充水分。

因為她一開始就沒有化妝，也不會有妝容花掉的問題。

「未未，妳的技巧還是那麼高超。彈得好。」

「在傷腦筋的時候，用大音量猛彈一場是最棒的。話說，為什麼有坂同學也在呢？」

叶主動向像在觀察情況般默默站著的夜華攀談。

夜華緊張的時候，會因為那副美貌而顯得不悅。大多數人會對向她說話感到遲疑，但叶不會。她不怕夜華，坦然地攀談。

「妳知道我？」

「因為我們去年同班，在移動教室時也是同組喔。這是當然的嘛。」

「…………」

直到去年為止的有坂夜華非常不愛交際。對周圍絲毫不感興趣。

她不記得同班同學的名字和長相，也無可厚非。

得知自己與以為完全不認識的叶有過連結，她顯得很尷尬。

「妳該不會是來聽我演奏的？」

叶自顧自地向陷入沉默的夜華繼續道。

「未末，夜夜和墨墨正在交往喔。」

「就是說你們是情侶？哇～原來是這樣！好厲害！」

好像是第一次聽說的叶大吃一驚，然後非常欣喜。

「阿瀨，你真有一套！能跟有坂同學交往，真是太好了！恭喜你們！你們很相配喔！真美好！」

叶太過直白的祝福，似乎讓夜華感到困惑。

因為我們基本上都會被說成是落差情侶，我也覺得又舒服又難為情。

夜華緩緩地拉拉我的襯衫袖子。

「吶，叶同學人很好耶。我不覺得她像問題兒童啊。」

看來她非常開心。

「這個接下來會談到。」

◇◇◇

我們四人各自在椅子上坐下來，進入正題。

「那麼，為什麼找我過來？」

「呃，因為樂團解散了，我想募集新成員。所以，今年也請阿瀨擔任我們的經理。」

叶以我會答應為前提宣告。

簡直像定期訂閱服務一樣自動續約啊。

我明明沒有答應，別擅自繼續指派我當經理。

「我才不當什麼經理。」

我用冷淡的聲調拒絕。

我不能重蹈去年的覆轍。

「那你去年為什麼會幫忙呢？」

「那是看在同班的情份上。今年我們不同班吧。妳去拜託別人。」

「阿瀨很可靠，只要把事情全部交給你，就能放心了。」

由於叶散發的放鬆氛圍，我不太能感受到事情的緊急性與急迫感。

「別光明正大地說要甩手不管。」

「不然，當管理人就行了。」

「意思幾乎一樣吧。」

「至少當個打雜的。」

「這地位不是變得更低了嗎？」

「因為，我只會彈奏樂器而已……」

叶一臉認真地訴說著。

「吶，叶同學，去年發生了什麼事？」

夜華像伸出援手般小心翼翼地問。

「就像妳剛才看到的，她演奏樂器的實力貨真價實。我也承認，她唯獨面對音樂的態度很認真。不過，她的外表與性格的落差有點棘手。」

「棘手？」

「簡單的說，和未未組團的男生全都喜歡上她了。」

我替小宮委婉的說明做具體的補充。

「不管從正面或負面意思來說，叶都很受歡迎。那些因為想受女生歡迎而玩樂團的傢伙，首先會盯上近在身邊的叶。而那些喜愛音樂的人，又會自然地喜歡上叶這個能聊專門話題的珍貴異性。結果，就發生了所有男性樂團成員都在爭奪叶未明的狀況。」

是所謂辣妹，性格又散漫愜意的叶未明，身上有許多容易被男人盯上的要素。

情場老手將她看成輕浮的女人，專注於音樂的人將她看成了解自己興趣領域的女孩。

結果，發生了叶本人並不期望的，接連有人對她暈船的狀態。

那有點像地獄。

在所謂宅圈公主的狀態下，樂團成員之間爭奪叶的場面相當慘烈。男人的好強與虛榮互相衝突，使樂團氣氛變得糟糕至極。身為關鍵所在的叶未明因為性格天然，對任何人都絲毫沒動心過，雙方的分歧大得可悲。

叶本身只對音樂專一，對戀愛完全不感興趣。

只有那些單方面暈船的男人互相怨恨，讓樂團陷入相當於空中解體的狀態。

「那麼，為什麼希墨去年會擔任經理？」

「雖然是一年級生，叶的樂團在輕音樂社裡明顯特別出眾，被稱作文化祭的重頭戲。如果樂團在文化祭前夕解散的話，事情會很麻煩。節目表已經印刷完畢，坦白說，也沒有哪個樂團吸引觀眾的能力足以代替。」

——才能以無可替代彰顯價值。

在藝術與表現的世界，當獨一無二的天才站在舞台上，會散發出壓倒性的光芒。

叶未明並不僅僅是外表出色，演奏技術優秀而已。

她在舞台上散發的存在感，是任何人都無法模仿的。

「明明只是高中的文化祭而已耶？」

夜華拋出這樣的疑問。這個命運奇妙的安排，讓我暗暗發笑。

「這是永聖文化祭擴大規模帶來的弊害之一。辦大型活動很花錢，必須確實回收花費的預算。所以，籌辦時對宣傳投入了很多心力，上傳了許多宣傳影片。對於專程來看叶樂團的外部遊客也期望很高。」

「這裡也有姊姊留下的餘波呀。」夜華露出苦笑。

「我家爸爸在社群網站上分享之後，轉發數很多喔。」

叶漂亮的外表和超出女高中生水準的卓越演奏技巧，足以引來眾人的關注。

據說叶的雙親都從事音樂相關工作，她從小就在音樂環繞的環境中耳濡目染，以樂器當玩具長大。

「然後，我則作為經理進行各種調整。」

我無論如何都不能容許，有才能天賦的人被奪走活躍舞台。

在七村快退出籃球社時也是如此。

「那就是墨墨厲害的一面了。他一一說服應該已經退出社團的樂團成員，讓他們站上了正式的表演舞台。對吧，墨墨！」

「我只是聽所有人談論戀愛話題，讓他們好好整理好心情罷了。在此之上，我說服他們在最後再展現一次男子氣概。我對他們說：『即使戀情並未開花結果，還有機會能在高中時代來一場最棒的現場表演吧』。」

我很羨慕有方法可以表現自我的人。他們可以用言語以外的方式，發洩未能完全消化的情緒。我們走進房間時的叶未明正是如此。乘著音樂解放喜怒哀樂。叶在演奏結束的瞬間暢快的表情，總是令我印象深刻。

「那場現場表演完全超越了高中文化祭的等級。很震撼喔，我很感動。」

小宮熱情地述說著作為一名觀眾的感想。

也許是叶未明的音樂品味和演奏技巧引領了周遭眾人。去年主舞台的現場表演，水準都高到讓人誤以為是職業表演的程度。

「當時日向花在最前排看表演對吧。謝謝。」

「——那麼，去年參加文化祭的樂團怎麼樣了？」

因為我是期間限定的經理，沒有連之後的活動狀況都詳細掌握。

「結果馬上就解散了。」

「那麼妳說今年解散了的樂團是？」

「嗯，是另一群人。大家不知為什麼吵架退出了。為什麼呢～？我明明只要能開心演奏就行了。」

沒有自覺的樂團殺手真心一臉不明所以地說。

「我去年提醒過妳，要妳多注意言行舉止吧。」

「咦～阿瀨好過分喔～不是我的錯啦。一定是因為音樂性差異之類的理由吧。」

「哈哈哈，開個玩笑，他們對女人的喜好倒是全體一致。」

我只能浮現乾笑。

「好了好了，墨墨。這也不是未未的錯。」

「說真的，沒發生流血事件是奇蹟啊。」

「因為在某個人快發怒的時候，另一個人就會試圖保護未未。」

小宮好像曾多次目擊過快發生衝突的現場。

「因為就算對女生惱羞成怒，也只會自己遭到厭惡，抬高情敵的評價啊。」

不管周遭的男生多麼為她著迷，只對音樂感興趣的叶未明始終都沒察覺那些情意。

最後不是因為爭吵分開，就是對互相監視的緊張感感到疲倦，離開了樂團吧。

「單方面引起別人的關注很辛苦吧。」

夜華將這件事與自己的際遇相重疊，對叶抱著同情。

「總之，現狀就是必須從零開始募集新成員。」

「嗯。」

叶只有回答是滿分一百分。

「加油吧。我會在背地裡替妳打氣的。」我站起身。

「阿瀨，好殘忍！你要拋棄朋友嗎！」

「我想和天才類型的人保持適當的距離。」

「哪裡的話，你稱讚我的意思，是你答應了嗎？」

「妳未免也太樂觀了吧……」

像這樣脫線的一面是她受人喜愛的理由，也是令人擔心之處。

「我要訂正。看來她和我在類型上有微妙的差異。」

「她反倒和夜華正好相反啊。」

謹慎的夜華往往會把別人遠遠推開，相對的，不動腦思考的叶，不管對誰都太過開放。

「喔～原來我是這樣呀。」

沒有自覺的叶事不關己地低語。

「在輕音樂社辦甄選會找團員就行了吧。就算是僅限於文化祭的臨時樂團，只要有叶在，就足以撐起場面。」

我首先提出實際的建議。應當達成的目標與去年沒有任何不同。

重要的是，讓想以樂團形式演奏的叶未明站上文化祭的舞台。

只要以她能接受的團員人選站上舞台，她一定會做出成果。

即使不是固定成員的樂團，只要召集到實力好的人，擔起主舞台的演奏表演應該不成問題。

「在輕音樂社找人可能有困難。大家很尊敬未未，反倒會太客氣。而且他們光是顧自己的樂團，好像就很忙了。」

從小宮的臉色來看，這難以實現。

叶未明受人喜愛。

她猛彈電吉他時，社員們在走廊上擔心地等候，從這一點來看，她毫無疑問地受到另眼相待與尊敬。

「我明明不在意技巧好不好的。」

「那從校外找支援樂手呢？」

夜華表明意見。

「因為這始終是高中的文化祭。只有永聖的學生才能參加。」

「那麼，只能在學校內尋找輕音樂社以外，會彈奏樂器的人了。」

「怎麼了，夜華。妳很樂意幫忙耶？」

「因為我也想看叶同學的舞台。那麼，在具體上需要會彈奏哪種樂器的人呢？」

「哪種都可以。因為我什麼都會彈，我打算補上缺人手的部分。」

「什麼都會彈？」

夜華不理解叶所說的話，不禁覆誦了一遍。

「夜夜，未未她很厲害，不只電吉他，大多數樂器她都能彈奏喔。」

「貝斯和鼓也會？」

「嗯。要我展示嗎？」

一拿起貝斯，她的表情就變了。

先前那樣放鬆的氣息，判若兩人地變為凌厲的神情。

從那裡開始，是叶未明上演的個人秀。她又是崩崩咚咚地彈著貝斯，又以輕快準確的節奏打著鼓。

「與其組樂團，妳乾脆獨自上台就行吧？」

看著靈巧得過火的叶，我不禁脫口說出武斷的想法。

「我不要。和別人一起演奏才好玩。我是因為自己找不到團員，才會找阿瀨過來的。你有沒有人選？」

叶雖然性格散漫愜意，但在音樂方面堅定不移。

我就認可她在自己想盡辦法以後，找我過來的那份努力吧。

看來叶未明堅持想組成樂團表演。

「鼓手我有個人選。」

「阿瀨，告訴我！」

「學生會長花菱。」

「那個張揚的學生會長嗎？」「咦，花菱同學？」

深感意外的夜華和小宮一起吃了一驚。

我去他家玩的時候，看到他家裡擺了一整套鼓。他好像用打鼓來消除壓力，我曾請他表演過，技巧相當不錯。

「那麼，試著去拜託那個人吧。」叶頓時有了興趣。

「我想文化祭當天，學生會長不會有空在舞台上現場表演喔。」

「這樣啊……那就沒辦法了。」

她乾脆地放棄了。好像真的只要會彈樂器，不管是誰都可以。

「啊，還有另一個更實際的候補。」

「是誰？」

小宮露出充滿期待的眼神等待答案。

我指向坐在身旁的情人。

「咦，我？不行的。我做不到。」

「夜華的鋼琴實力，我可以保證。」

「有什麼關係！先來配合音調試試看吧！」

叶毫不猶豫地牽起夜華的手，帶她走到電子琴前。

在兩手相觸的那一瞬間，夜華露出赫然的表情。

在困惑的夜華身旁，叶拿起電吉他。

「來，要開始嘍。」

叶彈響電吉他。

夜華無可奈何地將手指放到鍵盤上，配合電吉他聲彈奏旋律。

沒有事先商量，突然的即興演奏。

不過，不愧是夜華。這段電吉他和電子琴的合奏相當悅耳。

「夜夜彈得真好。」

小宮也同樣讚嘆著。

我偷偷拿起手機，拍攝演奏場景。

夜華正專注於彈奏，沒有發現。

她認真的側臉非常美麗。

夜華的指尖在鍵盤上輕盈地滑動。

叶一邊觀察夜華的狀態，一邊慢慢加快電吉他的節奏。

夜華也敏銳地察覺音色的變化，進行配合。

主導的叶就像在試探夜華一般，接連不斷地戲耍著她。

夜華沒有落後地跟隨上去，表情也顯得非常愉快。

我一邊側耳聆聽，一邊被情人快樂的表情所吸引。

演奏結束了。

夜華神情有些愣愣地沉浸在演奏餘韻中。

叶揹著電吉他直接奔向夜華，握住她的雙手。

「吶，我想和有坂同學一起站上舞台！求求妳，加入樂團好嗎？」

「咦、咦！那是在眾人面前演奏吧？我辦不到！」

「求求妳！和有坂同學一起配合音調的時候，我覺得好舒服又好快樂！並不是無論是誰都行。我想和有坂同學一起演奏！」

怎麼，是愛的告白嗎？

夜華的臉龐，看來也彷彿和我提出告白時一樣泛著紅暈。

我的情人好像不知該如何回覆叶直接又熱烈的求愛，正在傷腦筋。

不過，叶的邀請說得很好。

她正在說，她不是看重夜華的演奏技術，決定因素是即興演奏的感覺。

「我只會彈琴……」

「如果有坂同學願意加入，我會配合鍵盤來組成樂團。我就是那麼喜歡！」

叶眼睛閃閃發光的想要拉攏夜華。

「怎、怎麼辦，希墨。」

「我認為試試看就行了。」

「為什麼？」

夜華好像對我贊成感到意外，想要詢問理由。

「平常的夜華，在不願意時會斷然拒絕。我認為妳無法馬上回答，代表妳有想試試看的心情。」

「我也有同感！夜夜，妳和末末一起彈奏時，看起來非常開心喔！」

因為我和小宮一起鼓勵她，夜華開始越發苦惱。
表演場地偏偏是文化祭的主舞台，將會有大批觀眾。
對於超級不擅應付他人矚目的夜華來說，是無法接受的苦行吧。
不過，正如小宮所說的一樣，夜華在演奏時顯得很開心。
我本來以為她只要能獨自彈鋼琴就很滿足了，但她和叶一起即興演奏時的表情，遠比在有坂家客廳彈琴時充滿活力。
「……我辦不到，我只有在認識的人面前，才有辦法彈琴。正式表演時，會有很多陌生人來看呀。」
夜華的口吻很消極。
「有坂同學，無論任何人站在舞台上都會緊張。不過，有我在妳身邊。妳不是孤單一人，請放心。」
叶就像找到了命中註定的對象般，握著夜華的手不放。
「不，可是。」
「妳具體上是對什麼感到不安呢？告訴我。若是我做得到的，我會解決問題，也會竭盡全力去努力。」
「我、我也沒有自信，能夠和陌生人順利組成樂團。」
「那就找認識的人組團吧！日向花當主唱，阿瀨彈電吉他。」

叶出乎意料的提議，這次讓我和小宮不知所措。

「日向花不是很會唱歌嗎。阿瀨去年和我們在一起時，也買了電吉他嘛。」

叶臉上浮現得意的笑容，彷彿在說她想到了好點子，這麼一來一切就解決了。

「我在去KTV時，知道了日向花很會唱歌，但還是第一次聽說希墨會彈電吉他。」

夜華以滿懷期待的眼神看過來。

「只是玩玩而已。水準實在不到能在文化祭上表演的程度。」

無須隱瞞，放在我房間裡的電吉他，就是我去年擔任叶的經理時，受到刺激而購買的。

我只練到能彈奏基本的和弦而已，不管怎麼想，都明顯會扯叶和夜華的後腿。最重要的是，我最近忙著和夜華約會，完全沒碰過電吉他。

「暑假才剛剛開始！從現在開始練習就沒問題了！」

叶樂觀地斷言。

「最好能那麼輕易做到啦！」

「這是為了有坂同學嘛。」

不可以相信那些做得到的傢伙所說的話。別小看凡人的笨拙。學習一項技能時，若不累積相應的時間和努力，就會連一個訣竅都掌握不了。

「這門檻比當經理還高喔。」

「嗯～老實說，我也沒什麼意願。我認為這種活動，應該找想上台的人上台……」

被問到自己要不要參加，我和小宮都啞口無言。
如果夜華要參加樂團，我會接下經理工作，但自己成為團員是另一回事。
「只要在校內尋找，想透過樂團迅速引人注目，博得異性緣的傢伙多得是吧。」
「那種輕浮的人大都馬上就會叫苦，不能指望。找熟人會比較安心。」
不愧是輕音樂社。她似乎對那種人見多了。
「日向花當主唱，阿瀨彈電吉他，所以我來彈貝斯。加上有坂同學當鍵盤手，再來只要有鼓手就完美了。嗯，今年的文化祭等於已經贏了嘛。」
「我這個外行人，不懂妳從這個臨時樂團看出勝算的感覺啊。」
我完全無法接受叶未明所描繪的理想樂團。
我認可叶未明的音樂才華。正因為去年近距離見識過，唯獨這一點是能夠相信的。
至於夜華優雅的鋼琴和小宮美妙的歌聲也不用擔心。
不過，問題在於我。我不信任自己的電吉他實力。
「怎麼樣，有坂同學。一定會很好玩的。所以大家一起組樂團吧！」
只有叶毫無迷惘。
「……讓我考慮一會兒。」
夜華苦思到最後，擠出聲音如此回答。
「直到暑假結束前，我都會等待答覆。不過，阿瀨最好多花些時間練習喔。」

在叶這麼說完後，我們離開了輕音樂社的社團教室。

本來打算拒絕擔任經理，反倒被邀請加入樂團了。

「總、總之，未未已經沒事了。她決定設法尋找別的團員。」

小宮告訴在走廊上等候的社員們，大家都安心地鬆了口氣。

「既然這麼擔心，只要有人出來自願當支援樂手不就行了嗎？」

當我忍不住說出口，一名男生作為代表回答。

「叶學姊對音樂比任何人都更認真……叶學姊的樂團成員，個個實力優秀。連那樣的人都沒辦法，還不成熟的我們是無法勝任的。」

「叶並不在意對方的實力吧。」

她所重視的，是能不能一起享受音樂。

「……可是，每次樂團解散時，學姊就會像剛才一樣用大音量彈奏，我們已經看過許多次了。半吊子去參加對她很失禮。」

對於他們以自己的方式展現的真誠態度，我這個外人無話可反駁。

正因為叶對音樂很認真，社員們一直都在近距離看著她因為樂團解散而受傷。

看來正因為尊敬她、將她視為領袖崇拜，他們才無法隨便對待叶。

或許，他們是擔心一旦一起組團，將會和過去的團員一樣重蹈覆轍，與叶決裂。

「那就更多加練習，追上叶啊，不要只是擔心。」

「我們不像叶學姊那樣有才華。」

那些認為從一開始差距就太大而放棄的社員，讓我異樣地煩躁。

我們三人走在走廊上，針對叶的邀請交換各種意見。

「……在音樂上，感覺也很重要，所以我想未未會那麼熱烈地邀請，是因為夜夜的演奏觸動了她的心弦吧。」

小宮跟叶關係親近，拒絕邀約好像令她於心不安。

「叶同學的指尖非常硬，指甲也很短。那是好好在玩音樂的人會有的手。」

「夜華，老實說妳怎麼看？」

「跟叶同學一起演奏，我也很愉快。如果日向花和希墨願意參加，我會很安心，不過要在文化祭上表演，還是……」

看來參加樂團與在眾人面前演奏，對於夜華來說是截然不同的問題。

我們下到一樓，在準備穿越中庭時，遇到了在自動販賣機買飲料的七村。練習似乎結束了，他的脖子上掛著毛巾。

「怎麼都到齊了？有空的話，要不要來體育館啊？」

幕間二

我知道七七會獨自留下來自主練習，不過這一點好像在暑假也沒有改變。

目前，體育館是由我們包場的狀態。墨墨穿著制服，自由地運球與跳投玩耍。而在另一邊的籃框，七七正不斷地練習投三分球。

我和夜夜坐在看台上，看著兩人的模樣。

「和日向花一起待在這裡，讓人想起班際球賽呢。」

「當時妳熱烈地替墨墨加油呢。妳喊著：『要贏啊，希墨——！』」

「不要模仿我啦。」

「當時我嚇了一跳，沒想到夜夜也會發出那麼響亮的吶喊。」

「那是我大意了。」

夜夜如此說道，害羞地低下頭。

「有什麼關係，既然喜歡，大膽一點也無妨。」

「……唉，不過在那陣忙亂之中，我第一次直呼了希墨的名字。」

「喔。原來在那之前，妳都還沒有直呼他的名字啊。」

「因為這樣做會流露出情人感，我會很緊張呀。當時我們也沒公開正在交往的事。」
我一邊聽著青澀純情的插曲，一邊忍不住偷笑。
多虧夜夜的加油聲，墨墨跳投命中，二年A班反敗為勝。
當時我以為墨墨在投籃命中後倒地，是沉浸在勝利的餘韻中。
然而，當大家歡欣鼓舞時，只有夜夜發現墨墨受了傷，衝向了球場。
——明明在同一個地方看著同樣的事物，有坂夜華卻遠比我更認真地只注視著他一人。
那一瞬間，我理解到「啊，這女孩是真心喜歡瀨名希墨」。
我在春假時向墨墨告白並遭到拒絕後，一直未能整理好而懸在半空中的心情，從那時開始，變得輕鬆到可以發笑了。
失戀的痛楚並未突然痊癒。
儘管如此，看著墨墨和夜夜走向保健室的背影，我變得能坦率地覺得，他們很相配。
「任何事在第一次做的時候，都會緊張和害羞啊。」
「日向花，妳在試圖誘導我？」
不愧是夜夜，真敏銳。
「嗯。如果妳願意和未末組團，我也很高興。」
「不管我怎麼樣，日向花才是，要是妳參加就好了。」
「我就不用了，我光是用看的就夠了。」

「可是，妳的歌喉不論由誰聽來都唱得很好，也經常去輕音樂社玩吧。」

「像我這種人，上舞台也沒用。」

「沒這回事！才沒有這回事！」

夜夜加重語氣，重新轉向我。

「怎麼了，夜夜……？」

「我自己也很驚訝，不過老實說，和叶同學合奏很有趣。」

「我看是妳們有緣吧？」

「……我明明討厭被他人擺布，配合叶同學的電吉他聲演奏，卻非常快樂。」

她像這樣向我揭露內心想法，讓我感覺到身為朋友受到信賴，也高興了起來。

「坦率面對自己的心情就好了啊。在站上舞台之後，妳或許會意外地不再介意受到注視喔？凡事都需要經驗嘛。」

「可是，這座大體育館會擠滿了人吧？」

「嗯。去年客滿了。」

我們試著想像當天的情景。

現在只有墨墨和七七在的這片寬敞空曠空間，將會擠滿數百人，多到連地板也看不見。

在舞台上演奏，代表沐浴在數百道視線之下。

「我會緊張得發不出聲音的。」

「這就是日向花不想參加的理由嗎？」

「嗯。我因為是個小不點，常常被人看輕。只是犯了一點小失誤，馬上就會遭到取笑。就算對方事後過來道歉，內心受到的傷害也不會消失。我會開始像這樣做張揚的打扮，一方面也是為了對抗這些事。」

我用張揚的打扮來武裝內心。

一直以來，我都這樣保護著脆弱的自己。

「我喜歡唱歌喔。最喜歡了。所以，我不願意最喜歡的事情受到他人嘲笑。」

「日向花……」

「所以，抱歉。我無法和你們一起唱歌。」

第五話　戀愛並非先到先得

我運球的聲音，在沒有人影的體育館裡十分響亮。

夜華和小宮坐在看台上聊天，我則隨意地玩著運球和跳投。

七村身旁放著裝滿籃球的籃子，正在默默地練習三分球，

七村以前不擅長自外線跳投。

雖然不到百發百中的程度，他的三分球命中率看來比以前提升了許多。

「你的三分球進步了耶。既然能投進這麼多球，在班際球賽上也出手不就好了。」

「我最近才練到這種進球水準。初春時還不穩定，所以在班際球賽時才把榮譽讓給了你。因為這樣，你也大顯身手了吧。」

「真敢講。不過，你之前明明不擅長，能練成這樣真了不起。」

「因為退社的某人託付給我了啊。既然必須連那傢伙的份一起表現，起碼也得練到投得進三分吧。」

比任何人都更有自信的男人，在跳投出手的同時說出了超肉麻的台詞。

結果不出所料，球打中籃框，遠遠地彈開。

「……我來傳球給你練吧。」

「喔，來吧。」

我把裝球的籃子拉到身旁，從遠處傳球給七村。

他接到傳球後，迅速地抬手跳投。

就連七村也是不斷持續進行這種不起眼的反覆練習，才終於讓三分球技巧有所進步。

「話說，你被叫去輕音樂社，是今年未明又來求你了嗎？」

自主練習結束後，七村用毛巾擦拭脖子上的汗水，像忽然想到般問我。

「不愧是前男友，你很了解嘛。」

「那一次不算數。」

當我開起玩笑，七村露出苦澀的表情。

「聽說叶同學是七村同學的前女友時，我也嚇了一跳。如果七村同學曾對那樣的好女孩做出過分的舉動，我會瞧不起你喔。」

夜華也從看台上加入對話。

由於平常的言行，她好像認為分手原因出在七村身上。

「有坂，這是天大的誤會。我覺得她很不錯而向她告白，我們交往過，這是事實沒錯。不過，我們之間真的沒有任何像情人的互動。」

「什麼也沒有？」

夜華看來不太相信自認是花花公子的七村的解釋。

「未明雖然很可愛，但戀愛偏差值太低了。從她身上可以強烈地感受到，她認為優先順序最重要的是音樂，除此之外都無關緊要。即使約她出去玩，她也不肯配合安排行程。我過去輕音樂社時，她周遭的男人又會煩人地直盯著我。唉，當時我也在籃球社發生糾紛，這段關係幾乎是自然消滅了。為了避免事後留下麻煩，我明明直接去見她，表明要分手，她卻只回答了一句：『我知道了～』就乾脆地結束了！究竟她為什麼會答應告白，直到現在還是個謎團……」

「喔～～原來七村同學也有吃鱉的時候。」

夜華就像學到一課般佩服地說。

「不，有坂，換成平常的我才不可能這樣。我的對象基本上多得是，每天都忙得分身乏術——」

「啊～沒關係。我對希墨以外的人不感興趣。」

夜華乾脆的當成耳邊風。

「喂，瀨名！你的女朋友一邊對別人擺冷臉，一邊秀恩愛喔！」

「哎呀，兩情相悅真美好。」

我向七村露出得意洋洋的表情。

「可惡，因為是夏天就得意忘形。」

「別說傻話。這跟夏天無關啊。我是隨時隨地都被夜華迷昏頭喔。」

「希墨……」夜華高興地嫣然一笑。

「真是傻到嚇人一跳的傻瓜情侶。」

小宮也調侃似的笑了。

「啊～好了好了。你們就誓言永恆的愛，一輩子這樣吧。」

七村如投降般舉起雙手。

「永恆的愛不是很美嗎？我支持你們。」

此時，學生會長花菱清虎出現在體育館裡。

「咦，花菱。你還留在學校裡啊。」

「我聽說了喔，小瀨名。你已經為了我去過輕音樂社了。工作能力強的男人，果然行動也很迅速呢。」

他是在哪裡打聽到輕音樂社的消息的？我對花菱的情報收集能力感到讚嘆。應該說，真不愧是學生會長嗎？

「不，我不是為了你……等一下，花菱。你知道叶的樂團解散的消息吧。所以才今年也找我當舞台負責人。」

我事到如今才領悟到花菱的盤算。

「因為我和未明同班。這算是我的掩護射擊。未明的樂團有吸引觀眾的能力。站在文化祭執行委員會的立場，一定要讓她的樂團登上主舞台才行。」

「你在這種方面還真精明。」

「我只是作為學生會長，做出讓大家都高興的安排而已。」

「我可不高興喔。」

「你不必掩飾。我和小瀨名不是同類嗎？」

我這個平均值代表，和學年第三名的帥哥學生會長哪裡算同類啊？

總是捉摸不定，不知道有沒有在聽人說話的花菱，偏愛這種意味深長的發言。他是藉由將言語的輪廓模糊化，把解釋權交給聆聽的那一方吧。

「比起這個，聽我說，小瀨名。我明明邀請朝姬吃午餐，她卻半途就回去了。」

「回去了？朝姬同學有急事嗎？」

「我向她告白，她就生氣了。」

為什麼呢？花菱一臉彷彿在這麼問的不明就裡的表情，講出不能當作沒聽到的話。

「「「告白？」」」

因為他說得太過輕描淡寫，我們四人不禁大喊。

「她冷淡地拒絕了呢。是身體不舒服嗎？」

「不愧是清虎王子。本色很大膽呀。」小宮說道。
「我支持你！」夜華開口。
「嘎哈哈，花菱，真可惜啊。你被支倉嫌棄了！」
七村非常得意地放聲大笑。
「你很吵耶，七村。粗枝大葉的男人就是這樣才討人厭。」
「單戀辛苦啦。認清一下現實吧。」
野性風運動員男生與王子風美少年目光交會，立刻別開臉龐。
平常沉穩的花菱，只有對七村會表現出敵意。
「我說希墨，七村同學和那個會長關係不好嗎？」
夜華偷偷地問我。
「因為他們都很受歡迎，彼此將對方視為勁敵。聽說他們經常碰到在交往之後，發現對象是其中一方的前女友這種事。」
七村龍與花菱清虎。
這兩人只要一碰面，就會像龍爭虎鬥一般，老是起衝突。
永聖的女人緣之王好像尚未定論。
「硬要說起來，那些沒節操的女生更令人在意。他們兩個人類型完全不同啊。」
「我看是只要有能夠炫耀的男朋友，對象不管是誰都行吧。」

小宮對疑惑的夜華漫不經心地說。

我在旁邊聽著肆無忌憚的姊妹淘聊天，七村與花菱的爭論越發白熱化。

「不如說，支倉她對瀨名告白了喔。」

哎呀，戰火突然延燒過來了？

「喂喂，七村。要說謊也說得像樣點吧。對吧，小瀨名。」

花菱看向我。

我總覺得很尷尬，忍不住別開目光。

「咦！真的嗎？朝姬喜歡小瀨名這一款的？告訴我這不是真的，小瀨名！」

花菱難以置信地摀住臉龐。

看樣子他是真的喜歡朝姬同學。

「就、就算是我也很震驚啊。這種好友變成情敵的悲劇，而且對象還是小瀨名。如果是七村的話，我明明就能毫不留情地擊潰他了。」

「要被擊潰的人是你。」

七村迅速反擊。

「花菱，冷靜點。我有夜華這個情人了啊。」

「不，沒關係。既然是小瀨名，朝姬會喜歡上也是當然的。」

「講得好像我是個了不起的人物一樣。」

「你總是很謙虛呢。我很認可你喔。真的，哪怕從現在開始也行，真希望你加入學生會。」

「這件事我之前也拒絕過了吧。不管你提出多少次，我的答案都是NO。」

其實在第一學期時，每當我遇到花菱，他就會邀請我去協助學生會。

因為和夜華相處的時間會減少，我當然拒絕了。

「我終於明白朝姬為什麼拒絕我的邀請了。原來她愛上了小瀨名。」

「喂，花菱。別太疑神疑鬼啦。」

夜華正在旁邊散發出帶刺的氣息耶。

「別擔心我。多虧查明了理由，我反倒覺得很痛快。」

正如自己所說的一樣，花菱的表情神清氣爽。

「吶，花菱同學，朝姬是你的最愛嗎？」

小宮很感興趣。

「我喜歡朝姬，令人意外嗎？」

「因為，你不是不缺女生嗎。」

「當然，我喜歡女生喔。女生是看著就感到愉快，交談就會心情振奮的特別存在。所以，我會溫柔對待女生，然後，如果她們對我抱有好感，向我告白，我當然無法拒絕。不過，在此之外，我也會墜入愛河。而且，對於真心喜歡上的對象沒辦法表達心意。真是的，我真笨拙。」

「哇～差勁透頂。好一個帥氣的人渣。」

小宮面帶笑容，眼神裡卻沒有笑意。

「花菱笨拙？到底是哪裡笨拙了……？」

我感到不解。

「這傢伙是完全不主動出擊的類型，只接受女生的告白。所以，他超不擅長主動追人。」

七村冷淡地說明。

即使同樣很有女人緣，花菱與主動強勢出擊的七村態度正好相反。

花菱似乎是只等待願者上鉤的情場高手，很少主動追求。

聽完七村的講解，我理解了。

看看今天早上花菱對朝姬同學的言行舉止，的確是這樣沒錯。

花菱的心意絲毫沒有傳達給朝姬同學。

「戀愛並非先到先得。即使思慕對方，也要看對方是否會接受那份心意。因為愛沒有勝負之分。」

花菱爽快地談起自己的戀愛觀。

這種游刃有餘的態度，是女人緣很好的男人才能擁有的特權嗎？

「花花公子的純愛，真麻煩～」

小宮好像無意再聽下去，哈哈笑著發出無視宣言。

「我支持你！倒不如說，快點跟支倉朝姬交往！」

夜華的眼神很認真。

「謝謝。有坂同學贏得了最愛之人的心，得到妳的支持是很大的鼓舞。」

花菱爽朗地回以刺激夜華自尊心的台詞。他在這方面的對話技巧，不管什麼時候聽到都很精彩。

如果有人這樣舒服的應答自己，也難怪女生會受到吸引了。

「這是你說的喔。抱著如果失敗，就要辭去學生會長職務的覺悟去做吧！」

夜華好好地提醒道。

「哈哈哈，小瀨名，這麼聊了幾句，我發現有坂同學相當有趣啊。」

「嗯，她是我自豪的情人。」

我挺起胸膛笑著說。

「對了，花菱。順便找你商量，你有意願在文化祭上打鼓嗎？」

「我嗎？」

「叶要尋找新團員，我推薦了你作為鼓手的候補。」

「既然是小瀨名的請託，我很想答應，可是，包含事先練習在內，我在行程上要排出時間會相當困難吧。」

忙碌至極的學生會長的答覆無盡地趨近於拒絕。

「如果在舞台上展現帥氣的一面，支倉同學或許也會改變主意喔。」

「和未未組團，讓她在文化祭上演奏吧！」

夜華和小宮把自己的事情擱在一邊，為了叶遊說。

「算了吧算了吧。如果沒認真當一回事，只會丟人現眼而已。別讓未明抱著有始無終的期待，又害她失望。」

七村以否定的意見對我們的說服潑冷水。

不過，想到叶未明對音樂的認真程度，以及當她提議與夜華等人組團時的喜悅表情，七村這番話聽起來反倒像是關心。

「暑假才剛開始。讓我考慮一下。」

花菱保留未作答覆，眼神瞪著七村。

◇◇◇

朝姬離開學校，與同屬瀨名會的學妹幸波紗夕見面。

兩人正在咖啡廳裡一起吃午餐。

「謝謝妳過來，紗夕。抱歉，突然找妳出來。」

「我正在家裡閒著沒事，請別介意。」

「明明放暑假，妳不出門嗎？」

「我有和朋友出去玩啊。不過沒參加社團也沒有打工，就會閒下來呢。」

「現在加入茶道社也不晚喔。其實我和神崎老師談過，她乾脆地同意了。因為今年一年級生的入社人數不多呢。」

朝姬開著玩笑，心情上卻是認真的。

「這是作為下屆社長的擔憂嗎？」

「這也是一部分，不過，如果妳加入茶道社，我也會很開心。」

「……老實說，我覺得很尷尬，也覺得現在已經太遲了。」

「儘管妳這麼說，妳看起來卻很無聊喔？」

「我過得很開心喔。我會看喜歡的連續劇、聽聽音樂。就像這樣啦。」

雖然紗夕這麼說，她還是顯得一臉無聊。

「找個情人如何？」

「長久的單戀終於結束了。我暫時不想談戀愛啦。」

「——紗夕，妳很冷靜呢。」

朝姬凝視著學妹的臉龐。她的面容感覺變得成熟了許多。

「而且如果突然交了情人，希學長會傷心吧。」

「妳變得很敢講了喔。」

朝姬展顏一笑。

看來幸波紗夕正順利地逐漸從失戀的傷痛中恢復。

「朝學姊才是，妳今天心情不好吧。請說吧，我來聽妳訴苦。」

朝姬很中意紗夕這種善體人意的一面。

「我很怕夏天的炎熱。一下子就會頭暈或覺得不舒服。」

「那可真辛苦。不過，我們現在是在涼爽的室內呀？」

「剛才在學校也是，有個我不擅應付的男生糾纏不休地找我攀談。」

「喔～原來朝學姊也有不擅應付的人啊。我總覺得在印象上，妳和敵人也能相處融洽，會難纏地將對方當成棋子操縱耶。」

妳對我的印象是有多陰險啊。朝姬皺起眉頭。

「那麼，那個妳不擅應付的男生是誰？」

「學生會長花菱。」

「真不愧是朝學姊，被超級績優股盯上，好厲害～」

紗夕眼神閃閃發光地探出身子。朝姬認命地和盤托出。

「應該說，他向我告白了。」

「咦咦～～真的嗎？」

紗夕的大喊，引來咖啡廳裡所有人的目光。

「妳太興奮了。」

「因為這是意想不到的突然發展嗎。原來清虎王子喜歡朝學姊啊。」

「只要看看我不高興的表情，就知道結果了吧。」

「真浪費。那個帥哥學生會長不是聽說家裡行醫，非常有錢嗎？他頭腦聰明，又是次子，感覺不是前途看好嗎？」

「紗夕還真清楚。妳意外地是追星族嗎？」

「是班上的朋友這麼說的。順便一提，她們都是看長相投的票。」

「那麼，如果是妳，會跟那傢伙交往嗎？」

「情人並非飾品。而且，王子類型不是我的菜。」

紗夕斷然回答。

「妳很講究呢。」

「朝學姊決定再度挑戰希學長，反倒才讓我嚇了一跳。我之前以為，妳是會更巧妙地談戀愛的類型。那麼，妳給了清虎王子的告白什麼答覆？」

「我當然拒絕了他。不過，他說會一直等待我，自顧自地做了長期戰的準備。」

「被受歡迎的男生一心一意的愛慕，真是像少女漫畫般的發展呢。」

她們正值談到戀愛話題，就會氣氛高漲的年紀。

「少女漫畫因為是虛構的，才能成立啊。」

「為什麼清虎王子不行呢？」

「我厭惡他那種認為自己會受到喜愛是理所當然的態度。」

「好嚴格喔。不過，我有點了解。」

「就是說吧。」

朝姬用冰紅茶潤潤嗓子，悄然低語。

「要怎麼做，心上人才會喜歡我呢？」

兩名女高中生同時發出嘆息。

「但是，我和朝學姊狀況差太遠了。我之前不僅見不到心上人，還是單戀——」

「不是明明住在附近，卻沒有勇氣去見面嗎？」

「如果妳要欺負人，我就回去了。」

「別生氣嘛。」

「……朝學姊現在的狀況，是一直被迫看著心上人和別的女人卿卿我我吧。我認為這樣相當難熬就是了。」

紗夕很了解心上人明明近在身邊，對方卻不接受自己心意的痛苦。

「像那種事情，在全日本的學校裡隨時都在上演。並不是只有我辛苦而已。這樣算是典型的日本女高中生吧。」

「這麼說或許是沒錯啦。」

國高中生實際上可能談戀愛的對象，幾乎都在同一個生活圈裡。一起長時間相處的同校學生，最有可能成為對象。

正因為如此，應該有許多國高中生看著心上人與自己以外的異性相處融洽，為此感到難過。

任何人都有過這樣的經驗吧。

如果不想體驗這種痛苦，別在同一個社群內談戀愛是最好的方法。

話雖如此，如果人能選擇喜歡上的對象，就不用吃苦了。

心會擅自著迷。

「朝學姊真是堅強。」

「因為幸好希墨同學沒有疏遠我。我會在不超出能力的範圍內去行動的。」

「真悠哉。這個夏天，希學長和夜學姊會變得愈來愈親密喔。」

「嗯～以這個層面來說，最近希墨同學變得游刃有餘了。感覺他一定和有坂同學接過吻了。」

「咦，是這樣嗎？」

「這是我的直覺。男生在這種事情上很好懂呢。」

「朝學姊的女性嗅覺不是蓋的。妳的戀愛偏差值也太高了。如果對手不是夜學姊，就能輕鬆搶到手嘍。」

紗夕聞言，對於坐在對面大她一歲的學姊再次心生敬意。

「嗯，妳是不是誤會了？我無意橫刀奪愛喔。」

「咦，可是……妳喜歡希學長對吧。」

紗夕不明白朝姬的意圖，感到困惑。

「我不相信什麼命運之戀或永恆的愛這類充滿少女情懷的東西。因為，我們還是高中生啊。」

「這股自信是從何而來的呢？」

「我才沒有自信。實際上，我曾一度退讓過。」

春天在教室裡向瀨名希墨表白時，朝姬被出現在現場的有坂夜華的認真氣勢壓倒，選擇退讓。

不管再怎麼堅持，面對那個有坂夜華，自己都會淪為反派。

希墨在夜華出現的瞬間露出的表情，清楚地訴說了這一點。

既然如此，維持目前良好的朋友關係，同時等待下一個時機，才是上策。

朝姬以自己的經驗和直覺這麼判斷。

在離去時裝出明理的樣子，是她起碼的倔強。

「明明是這樣，卻不放棄嗎？」

「自己的愛慕，不會因為心上人交到了情人就消失吧。」

自己的選擇並沒有錯。

即使朝姬自認為能用道理想通，她還是很失望。

希墨有情人的事實令她大受打擊。被夜華壓倒，也令她對自己的軟弱很憤怒。那一天，她在自己的房間裡大鬧一場，害得母親都擔心地過來查看情況。

第二天的情侶宣言，真的讓她氣壞了。

「是呀。」紗夕也真情實感地同意。

「就是這麼回事，我認真到沒辦法輕易放棄的程度。」

但是，流過眼淚並未讓她對他的好感冷卻。

「具體來說，接下來妳要怎麼做呢？」

「怎麼做才好呢？紗夕，妳有沒有什麼好主意？」

就像在說已經沒轍了一樣，朝姬靠到椅背上。

「如果有那種祕計，我就自己實行了。」

「也是～」

受到出乎意料地若無其事的朝姬影響，紗夕不禁說溜嘴。

「妳該不會有用色誘強行勾起他興趣之類的想法吧？」

「那麼做就算成功，也純粹只是希墨流於色慾了吧。」

朝姬乾脆地駁回，表示這不值一談。

「妳說得對～我稍微放心了。」

「……為什麼紗夕會深深地鬆了口氣？難不成妳自己試過？」

「那怎麼可能！」

紗夕急忙否認，卻被說中了。

為了使瀨名希墨的心意轉向自己，幸波紗夕曾企圖強吻他，以製造既定事實。

「總之，朝學姊還喜歡希學長。但是對於具體的攻略方法沒有計畫。」

紗夕為了拉回對話走向，整理狀況。

「唉，事到如今才著急也沒用。」

「真悠哉。暑假看來漫長，其實意外的轉眼間就結束了喔？比起和我一起吃午餐，對希學長提出約會邀約不是更好嗎？」

「我們在文化祭執行委員會的工作與瀨名會上，還滿常見面的。」

「妳還真是強大。這種等候的姿態，也是謀略嗎？」

「怎麼說呢。只是在拖時間？」

「請別用問題來回答問題。」

「抱歉抱歉。因為這是場看不見未來的單戀，有許多傷心難受的事。可是——」

朝姬明確地將現在的心情化為言語。

「擁有心上人，光是這樣不就很快樂了嗎。」

她到現在還懷抱著失戀的痛楚與單戀的苦澀。

儘管如此，只要看到心上人的臉龐就很開心，與他說話就很快樂。

她享受著像這樣去戀愛這件事。

所以，朝姬唯有心情不可思議地積極。

「朝學姊果然很堅強呢。」

第六話　走向只屬於兩人的世界之外

「吶，希墨，你覺得哪一件泳裝更好？」

我心愛的情人露出笑容，問我這樣的問題。

這一刻的我，清楚地意識到自身的獨占慾。

今天是八月的第一週，這裡是大型商場的泳裝賣場。

今天我和夜華來買跟瀨名會一起去旅行時要穿的泳裝。

女性泳裝賣場的面積比男性泳裝專區大上數倍，商品種類也非常豐富。設計五花八門的繽紛泳裝，看得我眼花繚亂。

在挑選了將近四十分鐘後，夜華雙手各舉起一件泳裝，徵求我的意見。

比基尼款式和連身款式——兩件的剪裁設計都很棒。

面對無分軒輊的兩個選擇，我在內心激烈地糾葛。

因為這是那個夜華要穿的泳裝。

會不由分說地心跳加速，是男性的本能吧。

坦白說，我也想看看更性感一點的款式。

然而，我同時也閃過不願意夜華穿泳裝的模樣暴露在眾人目光下的想法。
美麗的存在會引起關注，乃是世間常理。
即使我在理智上理解這無可奈何，卻無法那麼輕易地想通。
儘管如此，我把「挑沒那麼露的泳裝更好吧」這句話吞了回去。
不管怎樣，長得漂亮身材又好的夜華，無論穿什麼泳裝都會引人注目。
那是夜華從這個廣大賣場中挑選出的中意商品。
不該因為我的獨占慾而輕易否定。
待在被默認為男賓止步禁區的女性泳裝賣場裡，本來就令我忐忑不安，現在夜華又來徵求我的意見，我的慌亂不是緊張足以形容的。
夜華膚色白皙，如果曬黑了，肌膚保養起來會不會很麻煩？那麼，比起比基尼，還是穿露得少的連身泳裝更好嗎？
啊～不行。一旦開始在意，我就連細節都擔心起來。
我不禁站在賣場中央，沉思哪一件泳裝才是最好的。
「希墨，這個問題有那麼難嗎？」
看到我實在超級認真地苦思煩惱，夜華好像覺得很好笑。
「這問題超級難的……」
「只是挑泳裝而已，你看得太嚴重了。」

「吶，夜華。我可以說實話嗎？」

我終於舉起白旗投降。

「請說。」

「我很清楚，如果是妳，不管穿什麼泳裝都會很適合。」

我先說出決無動搖的前提。

「謝謝。」

「正因為如此，我沒辦法馬上決定！」

「這有那麼需要煩惱嗎？你、你在照片上看過我穿泳裝的模樣吧……」

當有坂家在黃金週到國外旅行時，她姊姊亞里亞小姐偷偷地傳了照片給我。那張以絕妙角度拍下夜華美好身段的照片，對我來說是珍貴的寶物。

「照片和實物截然不同！」

「不必回答得那麼乾脆吧。」

「因為是夜華要穿的泳裝，我才會苦惱啊。在海邊只能看到一款喔。老實說，我兩種都想看！」

這是我毫無虛假的真心話。

「你在一臉認真地說什麼傻話呀。」

夜華傻眼地說。

「因為～～」

「真拿你沒辦法。那麼，你看看我實際穿上的樣子來判斷吧。」

「咦？」

「我去試穿一下。難得有機會，我想買能博得你歡心的那一件。」

「——夜華。我這個男的站在試衣間前等候，會不會不太好？總不能跟妳一起進去。」

如果在狹窄的試衣間內兩人獨處，面對裸體更衣的女朋友，我的自制力不知道能不能堅持得住。

「不必連這種事情也煩惱！我換好以後會傳照片給你，你在那邊等著。」

夜華迅速地走進試衣間。

不管要等多久，我都很樂意。

我宛如忠犬八公一般守規矩的等候著。

沒想到會從夜華口中，聽到要我看照片中比較挑選這種建議。

首先，夜華不喜歡拍照。

在我試圖偷偷拍下她的睡臉時，她也透過氣息敏感地發現了。我不能勉強她去做不樂意的事情，即使開始交往後已經過一段時日，夜華的照片還是很少。

儘管如此，最近夜華也慢慢地不再討厭拍照了。

我們每次約會時都會互相拍照，並分享給對方。

回顧手機裡像這樣一點一點增加的相簿是我的例行公事，也是感受到幸福的一刻。

「……好慢喔。」

我等了許久也沒收到夜華傳來照片。一個男人獨自呆站在泳裝賣場，感覺好侷促不安。每當後面進來的大姊姊們看過來，明明沒做虧心事，我仍覺得尷尬。

因為實在用了太久的時間，我傳送訊息給她。

希墨：夜華，妳換衣服花了很多時間，沒事吧？
是發生了什麼問題嗎？

夜華：冷靜下來後，我覺得傳泳裝照片好難為情。

「到了現在才害羞？」

在換衣服之前，夜華大概覺得做得到吧。

她想必是到了站在試衣間的鏡子前，舉起手機的瞬間回過神來。

「這代表她的心情有那麼興奮嗎。」

夜華很期待旅行，對我來說也很開心。

希墨：怎麼樣，要自己決定嗎？

夜華：兩件穿起來的感覺都沒有問題。
在設計上都很好，我很猶豫。
還是由你幫我決定好嗎？

希墨：我知道了。回來我這邊吧。

面對二選一時，可以考慮兩者各自的優缺點迅速下判斷，才是精明幹練的男人吧。啊～不過兩件應該都很適合夜華，真是煩惱。

◇◇◇

我們在苦惱許久後終於買完東西，前往今天約會的重頭戲水族館。夜華與我牽著手，情緒興奮得就像隨時會衝出去一樣。

「看啊，希墨！是魚，有好多魚！好厲害！真的像在海裡一樣！」

「喔、喔。因為是水族館啊。」

宛如穿越大海的隧道一般，昏暗的通道左右兩側陳列著許多水族箱。

水族箱種類各不相同，從小窗戶尺寸，到占據整面牆的大型水族箱都有。裡面則大小不一的各種魚類在游動。

「……等等，你為什麼會微妙地倒胃口啊？」

在水族箱的藍光映照下，夜華半瞇著眼睛瞪過來。

「不，我沒想到妳在水族館會那麼興奮，有點嚇一跳。」

「有什麼關係。這幾乎算是我第一次來水族館。」

「咦，是這樣嗎？」

「我們家因為爸媽在國外四處奔波，意外地不曾帶我們來這種基本的景點。都到了高中年紀還那麼興高采烈，果然很奇怪嗎？」

原來如此。這是有坂家特有的情況。

「妳就盡情享受吧。能看到情人開心，是最令我高興的事。這正是約會的成就感。」

「總覺得只有我玩得很開心，感覺過意不去。」

「別在意。我喜歡看妳雀躍的表情。」

女性有三個時刻的表情，特別充滿魅力，這是我的主張。

一是興高采烈的時候！

一是害羞的時候！

一是談色色話題的時候！

所以，光是看著夜華天真無邪的雀躍表情，我就能感到幸福。

「是、是嗎。那就好，可是……」

「可是？」

「想到自己的表情被你一一記住，總覺得很難為情。」

就像要掩飾害羞，夜華再度轉向一個小水族箱。

可惡，我被旁邊的柱子擋住，沒辦法和她並肩站在一起！

「啊，這種從沙子裡伸出頭的細長的魚，名字叫花園鰻啊，真有趣。」
夜華指向花園鰻，哈哈大笑。
「咦，妳說什麼？」
「花園鰻呀。」
「再說一次！」
「花園、鰻……總覺得有色色的氣息！（註：花園鰻的日文開頭讀音與雞雞諧音。）」
夜華發現我在調侃她，鬆開我的手快步往前走。
「抱歉啦。我只是想惡作劇一下。」
「這裡可不是美術準備教室。還有其他遊客在呢。」
「如果沒有旁人，就可以嗎？」
「不要一一向女生確認這種事情。」
「我知道了，那麼在覺得時機到了的時候，我會毫不猶豫地行動的。」
「最近，我突然感到處在危險之中呢。」
「是夏天的影響吧。」
「希墨你太興致高昂了！」
「這是我第一次與情人共度暑假耶。現在不興致高昂，那要什麼時候興致高昂啊。」
「現在也是，看到魚覺得高興的人好像只有我。」

「只是享受樂趣的方式有點差異而已。妳瞧，那種大蝦吃起來會很好吃嗎？」

「這裡可不是壽司店的水產箱啊。」

「這是對海產很好的感想喔。」

「真是的。真虧你能接連想出那麼多奇怪的回應。」

對話離題得太嚴重，夜華也半是笑了起來。

「為了讓重要的情人開心，我總是竭盡全力。」

「如果那麼努力，總有一天會不會倦怠了呢？」

夜華忽然停下腳步，轉頭凝視我的臉龐。

「……看，妳也願意好好等待我吧？」

「咦？」

「對於男人來說，心愛的人留在自己身邊不離開，是無比值得慶幸的事。夜華妳不用擔心這個。我沒有在逞強喔。」

我也認真地回答，輕輕握住夜華的手。

現在連結我和夜華的，只有彼此這份喜歡的心情而已。

無論說多少情話，我們都是高中生。無法擁有彼此的心意之外的羈絆。

可是，心會隨著些微的契機而改變。

我沒辦法斷定，現在說她很喜歡我的夜華，愛意不可能在明天突然冷卻。

現在的我們，毋庸置疑地是一對兩情相悅的情侶。
儘管如此，那種不安並未完全消失。
所以一有機會，就忍不住要確認對方的心意。
「引領我的人，一直都是希墨喔。」
彷彿要忘掉不安，夜華微微加重握手的力道。
「沒這回事。不如說，妳正在試圖自力向前邁進。」
我突然想起什麼，拿出手機。
為了避免妨礙其他遊客，我在通道角落將夜華和末明合奏時的影片拿給她看。
「咦，你是什麼時候拍的？」
不出所料，夜華沒有注意到。
之前當我舉起手機想拍她的睡臉時，她明明就醒來了。
對氣息很敏感的夜華，在當時並未察覺我在拍下影片這個事實。
「夜華妳彈電子琴時非常專注喔。這個影片，證明了厭惡目光的妳，沒有發現近在身旁的我正在注視妳。」
「我只是因為突然要即興演奏，腦海一片空白而已。」
「雖然是這樣，但那段演奏相當值得一聽喔。我和小宮都讚賞不已。」
「……」

「妳對樂團感興趣吧。」

「要說沒有，那是騙人的。可是，我做不到。」

「被許多人注視著，妳會緊張？」

夜華點點頭。

我輕輕地敲了敲附近的水族箱。

在水中優雅游動的魚，沒有理睬我的行為。

「這個水族箱裡的魚每天都被許多人類盯著看，但牠們一定不怎麼在乎。除了用鰓呼吸，生存下去以外，牠們對其他事都不感興趣，這樣就足夠了。」

「我又不是魚。」

「妳只要專注在自己的演奏和聽樂團成員的聲音上就行了。舞台和觀眾席的距離，遠比這個水族箱和我之間的距離更遠。不要緊的。不然我還可以透過舞台演出將燈光轉暗，好讓妳不引人注目。這方面就交給我吧。」

「舞台負責人在濫用職權。」

「這可是演出指示。沒問題！」

「……你就這麼想讓我站上舞台嗎？」

我對於這個問題的答案很明確。

「我想再一次看到，妳在即興演奏時那種快樂的表情。」

先前我說女性有三個時刻的表情特別充滿魅力，我要訂正一下，我漏掉了最重要的表情。

再加上開心快樂的時候，一共是四個時刻。

◇◇◇

充分暢遊過水族館後，我們來到在社群軟體上也引發話題討論的刨冰店。

送來我們面前的巨大刨冰，高到擋住了夜華的臉。

夜華選了草莓口味的蜜果冰。

刨冰的白與草莓的紅形成美麗的對比。

鮮紅的草莓蜜滿滿地灑在天然冰製成的刨冰上。使用的不是市售糖漿，而是由店家自製，將果肉熬煮到柔軟，如果醬般甘甜的糖蜜。

夜華面對刨冰，驚嘆於那巨大的分量和美麗。我則先為她拍了一張紀念照。

「我也來幫你拍照。」

我點的是白黃相間，充滿南洋風情的芒果蜜果冰。我擺出張嘴去咬巨大刨冰山的動作，

夜華笑著為我拍照。

「順便拍個合照吧。」

「如果不快點吃，會溶化的。」

「大家都在拍嘛。」

環顧店內，可以看到好幾個大概為了是放在社群網站上，正連拍數張照片的客人。

我和夜華間靠著肩，一起進畫面裡。好，笑一個。

「好，拍得很完整。來，吃吧。」

「之後也要把照片傳給我。」

「了解。」

記錄回憶的照片又增加了。

「嗯。又冰又甜。」

夜華吃了第一口，發出滿意的聲音。

「我嚐嚐看。」我也用湯匙勺起色彩繽紛的雪山，送進嘴裡。

正如傳聞一般，蜜果冰濃郁的甘甜非常可口。

「雖然對驚人的分量大吃一驚，看來意外地能吃得完呢。」

刨冰冰涼的口感與甘甜糖蜜的融合，讓我的湯匙停不下來。

我們也互相交換刨冰口味，回過神時，已經吃掉了超過一半。

「吶，夜華。關於叶的樂團那件事，妳還在猶豫嗎？」

當我再度提起那個話題，夜華拿著湯匙的手停了下來。

「……只憑我自己，沒辦法決定啊。」

「別想東想西，豁出去試著參加不就行了嗎？」

「不要說得那麼輕鬆。希墨，你是最了解我的人吧。」

「正因為了解，我才希望妳試試看。」

「為什麼？」

「因為夜華妳有意願啊。」

「是、嗎？」

「好惡分明的妳會猶豫，就代表妳感興趣。而且，妳明知道自己不擅長在舞台上受到許多人矚目的。」

「可是，日向花說她不參加，希墨你也不想加入吧。」

「如果是為了妳，我也會認真練習電吉他的。」

夜華會踟躕不前，是對於只有自己一個人感到不安吧。

小宮不參加的影響果然很大。等於初學者的我，即使加入後能給予夜華精神上的支持，在音樂上反倒很可能扯後腿。

從這層意義來說，小宮作為主唱的演唱能力果然深具吸引力。

「又輕易許諾了。這次會比去年更忙碌吧？如果希墨你累倒的話……」

「因為愛的力量是無敵的。」

我誇張的台詞讓夜華露出微笑。

「我也想變得無敵呢……」

「妳可以的。回想起妳在班際球賽上呼喊我的名字的時候吧。妳喊得那麼大聲，大家明明都看著妳，妳卻沒有逃走吧。」

「那是因為我都專注在你的表現上呀。」

這麼說真令人高興。說真的，我漂亮的女朋友有這種坦率又可愛的一面，讓我滿心充滿憐愛。

所以，我也不由得想去努力。

「一樣啊。那時候妳專注在為我加油上，所以不在意周遭的視線吧。」

「或許是這樣沒錯，但是……」

「就像那場班際球賽的籃球賽一樣，只要有妳替我加油，我就能發揮超越實力的力量。所以，不用擔心我。坦率面對自己的心情吧。」

「希墨……」

「妳並非獨自站上舞台，而是作為輕音樂社的領導人物率領的樂團上台。大家很可能都被叶吸引，反倒是夜華會不起眼喔。」

我刻意斷言。

「妳也體驗一下明明拚盡全力，卻仍然不引人注目的人會有什麼心情吧。就像平常的我一樣。」

我穿插無聊的自虐笑話，鼓勵情人。

「好驚人的說服法。」

夜華摀住嘴巴，差點爆笑出聲。

「只有我才做得到對吧？」

我得意洋洋地看著夜華。

「如果不是心上人說的話，我都要起雞皮疙瘩了。」

「哎呀，是不是吃太多刨冰，身體受涼了？還是冷氣開太強了？如果吃不完的話，我來幫忙。」

「才不要。我要通通吃光。」

「不吃快一點的話，會溶化喔。」

「不用你擔心。」

夜華這麼說著，再度以湯匙勺起刨冰送入口中。

我也吃起剩下的刨冰。

「吶，希墨。吃完以後，我們去咖啡廳吧。」

「好耶。在夏天喝熱咖啡別有風味。」

喝杯熱飲，暖和因為刨冰而冷卻的身體吧。

「……希墨的理解力真好。」

「所以妳才會喜歡上我，不是嗎？」

「要舉出我喜歡上你的理由，得花費一整晚的時間。」

「不管需要一晚還是兩晚，我都奉陪。現在是暑假嘛。」

「這個需要考慮。至於樂團的事，那個……」

「妳還沒有下定決心？」

「我試著找日向花再商量一次，以此做決定。」

「我知道了。」

雖然害怕，夜華正一點一點地試圖擴展自己的世界。

第七話　當心祭典之夜

位於永聖高中附近的神社，每年都會舉辦夏日祭典。

許多露天攤位並排設立在神社院落內，四處瀰漫著香噴噴的味道。

黃昏時分，人們彷彿受到祭典音樂的邀請開始聚集，現在已充斥著一片人潮。

我們瀨名會也在神社的鳥居前集合。

「這正是日本的傳統之美啊。」

「大家都好漂亮，很適合妳們喔。」

七村和我對女生們穿浴衣的模樣看得著迷。

我會心神不寧，不光是因為天氣悶熱的關係，而是受到夏日祭典情景醞釀出的非日常感影響吧。同班同學與平時不同的裝扮，讓我奇妙地覺得緊張。

「吶吶，希墨！衣服是紗夕的媽媽幫我穿的！」

「別穿著浴衣蹦蹦跳跳，還有，要叫我哥哥。阿姨把妳裝扮得很成熟呢。」

「紗夕的媽媽說，小映個子高，就照大人那樣打扮吧，借了腰帶和各種東西給我呢。」

「那映也要像個大人，穩重一點。」

很少穿著的浴衣，令映很興奮。

一方面是出於我妹妹的要求，今天女生們決定穿著浴衣。

「紗夕，謝謝妳們關照映。也代我向阿姨轉達謝意。」

「哪裡的話。媽媽她非常歡迎，覺得很高興喔。她可是卯足了幹勁！」

在懂得怎麼穿和服的紗夕媽媽的幫助下，女生們到幸波家集合，換上了浴衣。

『欣賞浴衣打扮是在祭典現場的樂趣。這裡男生止步！』

因為這樣，我在下午將映送到幸波家後，早一步跟七村一起來到神社。

一方面是因為在高中附近，我在神社見到不少認識的面孔，又看到意外的男女組合而嚇了一跳，在等候女生們的時候，也不至於與七村兩人閒著無聊。

於是，穿著浴衣的夜華等人現身了。

夜華紮起總是放下的長髮露出後頸，更加強調了清純的印象。浴衣上的圖案華麗又精緻，整體上帶著沉靜的成熟性感。看到那優美的站姿，讓我不禁挺直背脊。

朝姬同學也梳起了頭髮，浴衣則選擇了散發沉穩氣息的款式。妝容也配合衣著，從平常低調的自然妝感，改成刻意突出五官的濃妝，強調出朝姬同學的天生麗質。

小宮挑了深色的浴衣，花紋圖案很有個性，不忘堅持自我。展現她品味的小飾品搭配十分時髦。

紗夕穿著和她性格相符的亮色系浴衣，戴上大件髮飾。穿不慣的浴衣似乎讓她感到拘束，但反倒散發出新鮮的魅力。

光是能看到大家迷人的浴衣裝扮，今天就來得很值得了。

不如說，在當代理男友時看過的神崎老師的和服裝扮也是，我說不定意外地喜歡古典服裝。

「這個團體裡真的集結了好多美女，真不錯啊。要不要從現在起結束瀨名會，改成我的後宮？」

七村感嘆般地沉吟。

「七村學長，你會因為職權騷擾和性騷擾被告喔。這麼一來，後宮馬上就會解散了。」

紗夕露出死魚眼敷衍七村。

「幸波也太嚴格了吧？」

「是七村學長神經太大條了。」

對上七村也不膽怯的學妹，也只有紗夕了吧。

紗夕與七村展開激烈論戰，一旁的夜華與小宮，正在和映愉快地聊天。

「你妹妹是不是在迴避我呢？」

朝姬同學這麼開口問我。

「怎麼會呢。映就連面對亞里亞小姐和神崎老師都不怕生喔。不用擔心。」

「但願如此。」

「她從以前就認識紗夕，和小宮從去年開始會互傳訊息，至於夜華，則是會在我家碰面。」

「我說，希墨同學。吶，你覺得怎麼樣？」

朝姬同學徵求的，當然是對於浴衣的感想。

「非常成熟又迷人喔。指甲油也和平常不同呢。」

「——你注意到了呀。」

雖然永聖的校規比較自由，身為班長的朝姬同學在打扮上採取絕不張揚，只有內行人才看得出來的低調風格。指甲油平常也是選擇有自然光澤與透明感的透明指彩或淡粉紅色系，不過今天她塗上了搭配浴衣顏色的色調。

「希墨同學會確實地捕捉到這種細節，很精明呢。」

「？只是因為很適合妳，我才稱讚妳啊。很奇怪嗎？」

我回顧自己的發言，心想是不是說了什麼奇怪的話。

「我只是佩服罷了。謝謝你的讚美。」

朝姬同學咧嘴一笑，露出白牙。

「話說回來，還很熱呢。明明太陽都下山了，真討厭。」

「因為白天也很悶熱，而且人又那麼多。」

在狹窄的參道上來來往往的人潮從未間斷，我們所在的鳥居附近，也擠滿了等候會合的人。

「吶吶，希墨！快走吧！」

「都叫妳穩重一點了。」

映照老樣子以自己的步調歡欣鼓舞，催促著我。

「好～那我們去逛廟會吧！買想買的東西，玩想玩的遊戲！」

隨著我的口號，一行人出發走向神社院落內。

在通往前殿的參道左右兩側，排列著販售食物、玩具、動物和植物等等的露天攤位，熱鬧得讓目光不禁受到吸引。

有人在攤位前發現感興趣的東西停下腳步，有人又在另一個攤位買了東西。

為什麼在祭典廟會上賣的零食，看起來那麼好吃呢？

炒麵、烤玉米、烤魷魚、棉花糖、蘋果糖、雞蛋糕、巧克力香蕉、彈珠汽水——想吃的東西多得數不清。

大家就像這樣各自邊走邊吃，玩著各種遊戲。

玩套圈遊戲的時候，有籃球經驗的我、七村與紗夕，可能是擅長運用手腕部位，成功率格外地高。

然後，映一派理所當然地將我拿到的獎品糖果和玩具據為己有。因為大家也都把獎品給了她，映的戰利品不斷增加。幫她拿戰利品的我，一隻手已經提滿了東西。

「謝謝！人家好高興！」My sister喜不自禁地開心說道。

「大家也太寵映了吧。」

「就算妹控瀨名這麼說，也沒說服力啊。」

七村的一句話，令大家哈哈大笑。

我注意不妨礙到周遭，找空檔不時用手機拍下大家的照片，同時看著夜華愉快的臉龐，感到放心了。

「夜華，祭典感覺如何？」

「人多的程度讓我嚇了一跳，不過很新鮮。浴衣也是，讓我產生和平常不同的心情，真不錯。」

「浴衣非常適合妳喔。我又再度愛上妳了。」

「明明只是穿著和平常不一樣而已。希墨你該不會喜歡角色扮演？」

「因為男人是視覺動物。看到心上人新的一面，當然會很高興吧。」

「你挑選泳裝的時候，也煩惱了那麼久呢。」

「那對我來說，是這個夏天超級重要的決定。」

「如果你在其他地方上也發揮那種專注力和果斷力就好了。」

「我會我會。若是為了妳，要發揮多少都沒問題。」

「真是得意忘形。」

夜華戳了戳我的側腹。

「我可是跟穿著浴衣的情人一起來夏日祭典耶。當然會很開心嘛。」

「希墨，你最近開口就只會說很開心喔？」

「我遺忘了其他情緒。」

「如果能像這樣興高采烈地度過一生，那是最棒嘍。」

「咦，夜華沒那個意思嗎？」

我握住她的左手，掂起無名指。

「……我是期待的。」

夜華垂下眼眸，臉紅到連脖子都泛紅地回答。

「那就好。」

光是聽到那個回答，我就興奮到快飛上天了。

「希墨，有打靶遊戲耶。我想玩玩看。」

「那就挑戰看看吧。」

夜華拿起槍後，發揮超越群倫的專注力。雖然第一槍射偏了，她接下來表現絕佳。軟木塞子彈接連命中，從架子上打落獎品。

夜華挽起衣袖，舉槍瞄準目標的側臉英姿颯爽。

當我熱烈地注視著美麗狙擊手的側臉——

「希墨。你的視線好煩。」

她沒有看過來，直接簡短地告誡我。

夜華小姐還是老樣子，對視線很敏感。

「夜夜，妳的槍法好準。」

這麼說著走向我們的小宮，不知何時戴上了狐狸面具。

當臉小的她戴上面具，真的有種狐狸穿著浴衣的感覺。

「面具啊，真令人懷念。小時候，爸媽也買過假面騎士的面具給我呢。」

「嗷。一時興起就買了。」

小宮一邊模仿狐狸叫聲，一邊將面具推到額頭上。

「小宮，那個……」

我準備提出在文化祭時叶的樂團那件事。

「嗯，什麼事？」

「……不，沒什麼。」

「怎麼，真見外，有什麼煩惱就告訴我啊。」

「那麼，如果夜華有事情找妳商量，你可以幫助她嗎？」

既然夜華說要自己去商量，我只需要相信她。

「夜夜是我的朋友，我當然很樂意陪她商量。」

小宮看來也像是察覺了我其實想說什麼，但故意裝作不知道的樣子。

◇◇◇

因為休息區正好有空桌，我們決定占好座位，在那裡吃從露天攤位上買來的食物。大家分別奔向攤位，買回來的東西漸漸擺滿桌上。

「朝學姊，妳流汗流得好厲害。妳還好嗎？」

「我還好。」

如同紗夕擔心的一樣，朝姬同學面泛潮紅。

她幾乎沒動特地買來的章魚燒，用免費發放的團扇搧著風，想要設法降溫。

休息區的通風不佳。有燈籠、照明燈光與白天的炎熱滯留的熱氣，實在稱不上舒適。

「沒事吧？」

吃完炒麵的映，也拿起團扇幫朝姬同學搧風。

「謝、謝謝妳，小映。」

「不客氣！希望有涼爽一點就好了！」

對於我家妹妹友善的行動，朝姬同學在驚訝之餘也看了過來。

「不愧是希墨同學的妹妹。感覺就是兄妹呢。」

「只是幫朝姬同學搧風，就能從中發現共通之處嗎？」

「你們不是都像這樣，對遇到困難的人很溫柔嗎？」

「但她自己害哥哥傷腦筋的時候，卻很冷淡的說。」

「那是在向你撒嬌。不是很可愛嗎？我是獨生女，對有兄弟姊妹有點羨慕呢。」

映一邊努力用團扇搧風，一邊開始東張西望地看向露天攤位方向。在吃飽之後，她正迫不及待地想去玩下一個遊戲吧。

「吶吶，希墨。人家接下來想撈金魚。」

「妳要自己好好養喔。」

「我會的！」

家裡有我以前養金魚時留下的水族箱與打氣機，要養金魚不成問題。

「撈金魚的訣竅是不要慌張，慢慢撈。網子很容易破，所以不要焦急。」

「我知道了！幫我看行李，希墨！」她將腰包遞過來。

「夜華，快走吧！大家也一起去！」

映就像自己是領頭人一樣，牽起夜華的手準備回到人潮中。

小宮和紗夕也跟了上去。

「啊，對不起。我要休息一下。」

只有朝姬同學沒有起身。看來她果然在忍耐著不舒服。

「那麼我去當宮內她們的保鏢。瀨名你來照顧支倉！院落後方的長椅比這裡涼爽，你們可以過去那邊喔。」

七村帶著顯然覺得好玩的表情留下這番話後，匆匆地追向夜華她們。

我和朝姬同學突然陷入兩人獨處狀態。

「對不起，害你費心了。」

朝姬同學歉疚地垂下頭。

「朝姬同學，總之先移動到涼爽的地方吧。不介意的話，抓住我的手臂。」

我朝朝姬同學伸出左手臂。

「呃……沒關係、嗎？」

「今天是例外。身體不舒服的時候，還說這些做什麼。」

「那麼，嗯。」

朝姬同學小心翼翼地往我的上臂伸出手，用力握住。

「咦，朝姬同學。」

「今天是例外對吧？」

「……我會慢慢走，如果覺得難受就告訴我。」

我們在人群中前進。

由於前後都擠滿人，我的步伐自然地變小。就算如此，身體不舒服又穿著浴衣的朝姬同學走得更慢。

從前面走來的一群男性聊天聊得起勁，完全沒在看路。擦肩而過時，其中一個人差點撞到朝姬同學，我霎時間摟住她的肩膀，將她拉過來。

「抱歉。」

也許是在發燒，茫然的朝姬同學只有微弱的反應。

我們設法平安地抵達前殿，這一帶種植了許多樹木，吹著舒暢的清風。

我讓朝姬同學坐在空著的長椅上。

「妳等一會。」

我跑到在附近的露天攤位，購買運動飲料。

「朝姬同學，這個給妳喝。」我輕輕轉開寶特瓶瓶蓋，遞給了她。

「……這是、買給我的？」

「妳有可能是輕度中暑了，為了慎重起見，拿這個來補充水分與代替冰袋。先休息一會兒吧。」

朝姬同學將冰鎮過的寶特瓶貼著脖子，光是這樣，表情就放鬆下來。

「啊～好涼好舒服。」

我也在旁邊坐下，用映的團扇搧風。

朝姬同學喝了一口運動飲料後，感慨地說「復活了」。

「我本來就不太耐熱。」

「人群這麼擁擠，也沒辦法呢。」

「穿著浴衣比想像中更悶熱，而且，那個，我水也喝得少……」

「為什麼？」

我只穿一件短袖T恤都覺得很熱，穿著浴衣就更是如此了。

雖然浴衣外觀看來風雅又涼爽，要說在全球暖化的時代穿起來是否舒適，那很微妙吧。

而且祭典的舉辦地點不是在綠意盎然，有土有水的鄉下，而是有熱島效應之憂的東京市中心。

「因為……」

「因為？」

「你難得這麼不識趣呢。」

朝姬同學一副難為情的模樣，不肯回答。

我試著思考天氣明明很熱，卻少喝水的理由。浴衣與人潮，又是女生。

「——啊。是這麼回事嗎？」

「沒錯。穿著這身打扮，人又這麼多，沒辦法輕鬆地去廁所。」

朝姬同學臉上浮現大滴的汗珠，別開目光。

「真是失禮了。」

我不由得加快了用團扇搧風的節奏。

「不、不過，如果真的很不舒服，妳可以先回到紗夕家或是我家休息。這方面妳不要客氣喔！」

「這裡很涼爽，再休息一會兒應該就沒事了。」

「那就好……」

我總覺得看著朝姬同學的臉會尷尬，望向昏暗的草叢。

對話就此中斷，但從這裡能夠聽見祭典喧囂聲，沒有沉默的窒息感。

朝姬同學閉上眼睛靜靜地休息，我與她一起委身於這片有風吹過的昏暗中。草叢裡傳來蟲鳴聲。

不久之後，朝姬同學悄然說道。

「吶，為什麼溫柔對待我？」

「有人身體不舒服的時候，無論是誰都會照顧人的吧。」

「可是，那樣有點殘酷。」

那個聲音沒有平常親切的語氣。朝姬同學口中僅僅吐出露骨的情緒。

「在虛弱的時候受到溫柔對待，會變得更加喜歡啊。」

「朝姬同學，我有——」

我立刻要急急開口，被朝姬同學蓋過話頭。

她將頭靠在我的肩膀上。

「我知道。所以不要說出來。無法放棄這份感情是只屬於我的問題——唉，在直接告訴本人的時候，就沒有說服力了嗎？」

朝姬同學苦笑著蒙混過去。

「我很感謝妳保持了和至今一樣的態度喔。」

「彼此彼此。我也討厭氣氛變得尷尬，作為班長，那樣也會很難做事。」

「我也有同感。」

「雖然不是有坂同學，我也很享受瀨名會的聚會喔。唯獨這一點不要忘了。如果不喜歡，我就隨便找理由淡出了。」

「嗯。」

兩個人坐在一起，我的眼睛漸漸適應了黑暗。

所以我發現了，在草叢後方的樹木後面，有人影在移動。

「吶，希墨同學。那邊有人對吧？」

朝姬同學好像也發現了。

「而且還是男女情侶呢。」

「真是的，要卿卿我我，就做得更不露痕跡啊。」

「我看是被祭典的氣氛點燃了熱情吧。」

「啊，他們接吻了。」

兩道人影重疊在一起。

喂～可以看得一清二楚喔。要考慮到地點吧。

你們以為誰喜歡看別人的接吻場面啊？

不過，我不願意現在移動而被對方發現，也想讓朝姬同學再休息一會。

我們只能繼續坐在長椅上。

話說回來，好尷尬。

「……說到接吻，你和有坂同學已經接過吻了嗎？」

朝姬同學猝不及防地問。

「咦咦？」隨著我驚慌的動作，朝姬同學的頭也從我的肩膀上移開了。

「噓！音量太大了。會被發現的。」

「那是因為妳問了奇怪的問題吧。」

我壓低音量，設法反擊。

「然後呢，怎麼樣？」

朝姬同學猛然靠近，就像在催促我回答。

「這和朝姬同學無關吧。」

「身為朋友，我很好奇。」

「我不能說。」

「這種回答方式，幾乎等於在說ＹＥＳ喔。」

她彷彿看穿了我的內心，帶著微笑指出這一點。一方面她會體察別人的心情，讓人很輕鬆，另一方面，對她無法隱瞞又很棘手。這樣會失去心靈的隱私權。

「調侃我很有趣嗎？」

我不禁用鬧彆扭的口吻說。

「我之前也說過吧。我喜歡看希墨同學為難的表情。你討厭的話，我會節制就是了。」

朝姬同學輕笑著捂住嘴角，看來非常愉快。

「請務必這麼做。」

我強烈地懇求。

「咦～可能沒辦法免費提供喔。」

「別對友情尋求回報啊。」我沒有想太多便脫口而出。

「別對男女關係尋求友情啊，笨蛋。」

朝姬同學像無法忍耐般別開目光，然後小聲地說：

「——維持友情與愛情的平衡可是很辛苦的。」

那句話令我僵住不動。我彷彿窺見了總是面帶親切笑容的朝姬同學，無人知曉的面貌。

我們再度陷入沉默。這次非常尷尬。

不過，就像察覺了這個狀況，我的手機響起。

我匆忙從口袋裡掏出手機一看，來電者是夜華。

我遵守自己定下的鐵律，立刻接起電話。

「喂，我是希墨！」

『喂，小映沒去你那邊嗎？』

夜華語氣慌張，單刀直入地問我。

「沒有，為什麼這麼問？」

『我們和小映走散了。大家一起去撈金魚，在移動途中，她不知不覺就不見了。』

「妳說，映走丟了？」

『對不起。我們分頭到處找過，卻沒有找到她。現在大家正先返回撈金魚的地方會合。』

夜華愧疚地向我道歉。

「——對了，手機。夜華，我先掛斷喔。」

我連忙打給映的手機。但她一直沒有接聽。

「小映該不會把手機放在那個腰包裡了？」

聽到朝姬同學這麼說，我想起映交給我保管的行李。我慌忙翻找腰包，發現了正在以靜音模式持續震動的手機。

「映那傢伙！」

我用電話通知夜華映沒帶手機，以及我們在前殿前方位置，大家很快就臉色大變地跑了過來。

「墨墨，抱歉，我們沒找到小映。」

「希學長，你知不知道小映有可能去的地方？」

「我去附近找找看。」

我坐立難安，準備與大家交替衝出去找。

「瀨名，冷靜點。你一個人沒頭沒腦地亂找，只會效率很差。」

七村堅硬的拳頭輕敲我的胸口。我一瞬間窒息了。拜此所賜，我得以自然地深呼吸，稍微恢復了冷靜。

平常我明明都叮嚀映要冷靜，到了緊要關頭自己卻是這副德性。真沒出息。

「……抱歉。」

「你妹妹都已經小學四年級了吧。地點就在附近，她應該能獨自走回家的。」

即使明白七村樂觀的看法是在鼓勵我，我無法因此放心。

「或許是這樣沒錯，但人潮洶湧，如果出了什麼事……」

雖然考慮到映的性格，這個可能性很高，一想到萬一被她捲入意外或犯罪事件當中，我就焦急不已。

「希學長，大家再一起出去找一次吧！」

「對啊，希墨。大家都一樣很擔心小映。」

「墨墨，我想小映也會半路上發現自己沒帶手機，來找我們的。」

隨著紗夕的一句話，夜華和小宮也表示要幫忙。

「各位，今天明明是難得的祭典之日……」

「瀨名，這種話就不必說了。」

七村以眼神示意，要我快點給大家指示。

「謝謝。紗夕去祭典總部，請他們播放尋人廣播。那邊一定有鄰里會的成員在。集合地點就指定在前殿的前方。」

「了解！」

「我、七村、夜華和小宮先回到鳥居那邊，朝神社院落深處展開地毯式搜索。只要四個人分頭尋找，應該不容易漏掉什麼地方，我想總有哪個人會找到映的。女生們穿著浴衣，別太勉強自己。」

三人點點頭。

「朝姬同學，抱歉，在妳身體不舒服的時候出了這種事。」

「我的身體狀況已經穩定下來了，不要緊。我該做什麼好呢？」朝姬同學也很有意願幫忙。

「妳在這裡等候，當映聽到尋人廣播後，說不定會過來。還有，可以請妳負責分享大家的情報嗎？」

「我知道了。各位，如果有什麼情況就打電話給我。我會馬上分享到LINE群組內。」

朝姬同學完美地從我最低限度的指示中體察出意思。

「各位，助我一臂之力！」

瀨名會的眾人各自帶著使命，再度分頭走進祭典的人潮中。

◇◇◇

沒多久後，就順利地找到了映。

發現她的人並非瀨名會的成員，而是跟學生會幹部們一起來玩的花菱清虎。

映在撈完金魚後，好像碰巧有小學班上的同學找她說話，結果聊得興起，跟丟了夜華他們。當映泫然欲泣地走在路上，剛好被花菱發現並保護了她，陪她一起尋找我們。然後，他聽到尋找走失兒童的廣播，將映帶到前殿。

接到朝姬同學的聯絡後，我們再度返回前殿。

「希～墨～」

一看到我，映就哭了出來，衝過來想要抱住我。

「為什麼妳總是任性妄為！」

然而，我按捺住想抱緊她的衝動，作為兄長狠下心來斥責妹妹。

「要和學校的朋友聊天沒關係，可是，只要妳有先告訴大家一聲就沒事了。妳知道大家有多麼擔心嗎！」

我喊得比自己想像中還要大聲。

面對我的訓話，小映邊哭邊僵住了。

「小映，希墨一直很擔心妳喔。只有這一點，妳要好好理解他。」

看不下去的夜華靠在映身邊，溫柔地對她說。

「真是的，幸好妳平安無事。」

「對、不、起。」

當我摸摸映的頭，她揪住我的胸口不斷哭泣。

「花菱，你真的幫了大忙。」

「小瀨名，身為男性，在可愛的淑女遇到危機時伸出援手，是當然的行動啊。」

「我從不曾像今天這樣，深深理解你受歡迎的理由啊。真虧你看得出她是我妹妹呢？」

「你妹妹不是跟你很像嗎？我看了一眼，就想到這個可能了。」

「很少有人說我們長得像就是了。」

就連夜華，一開始也誤以為映是我的劈腿對象。還是在我家裡見到映，仍然這麼想。

花菱的眼力令人折服。

「你還是老樣子，把最大的好處收為己有的手段真漂亮。」

「朝姬同學。」我不由得插話。

「我知道。多虧你找到了妹妹，我真的鬆了口氣。」

即使朝姬同學說話方式粗魯，花菱還是開心地笑了。

「只是碰巧。朝姬才是，聽說妳有點中暑了？狀態已經恢復了嗎？」

「我沒事。話說，學生會的人在等你吧。快回去啊。」

「哎呀，糟糕。對喔。我對朝姬穿浴衣的模樣看得著迷，都忘記了。」

「只是浴衣的圖案好看罷了。」

「穿上它的朝姬很迷人喔。」

花菱像平常一樣，不顧眾目睽睽連連誇讚。朝姬同學一副厭煩得倒盡胃口的樣子。

「那麼，我告辭了。」

「謝謝你，花菱。我下次再答謝你！」

「以我和小瀨名的交情，不用在意啦。」

花菱爽朗地說完後，走向露天攤位那邊。

我和映重新低頭向大家致謝。

「我也真的很感謝大家。」

「對不起。」

每個人都一臉放心地露出微笑。

我打從心底感謝瀨名會的大家這份溫柔體貼。

「現在要怎麼做？還沒到八點，要再多玩一會嗎？」

聽到七村詢問，大家面面相覷。

走失事件讓我在精神上很疲勞，不想再走進那片人潮中。大家好像也有同樣的心情。

「那要不要來我家庭院放煙火呢？我買了手持式煙火喔。」

大家一致贊成了紗夕的提議。我們決定走到位於神社十分鐘路程外的住宅區內的幸波家。

幫忙女生們穿和服也好，煙火也好，我們今天真的一直受到幸波家的關照。

「喔喔，幸波的母親也是美人。」

「別對學妹的母親發情。沒節操的傢伙！」

我一拳揍向七村的腹側，他的肌肉還是如鋼鐵般堅硬，反倒是我的手更痛。

「這樣真的很令人噁心。以後我要禁止你進出我家喔。」

面對紗夕看垃圾般的眼神，就連七村也自重了。

包含終於恢復笑容的映與變得有精神的朝姬同學，大家一起享受放煙火的樂趣。

色彩鮮豔的煙火在黑暗中閃爍光芒。

「好～最後來用線香花火比賽吧。燒得最久的人就是贏家！」

手持式煙花全部放完後，大家在小宮的號令下，同時點燃線香花火。

所有人都注視著在前端閃爍的小小火光，陷入沉默。

火花一個接一個地落下，最後剩下夜華和朝姬同學。

「哎呀～這可是場精采對決！」

「勝利的會是夜學姊，還是朝學姊呢！」

七村和紗夕炒熱氣氛。但是，夜華和朝姬同學在分出勝負後依舊沉默不語。

第八話　如果她換上泳裝

「真是絕景啊，瀨名。」
「沒錯，這就是樂園啊，七村。」
蔚藍的晴空，靜靜起伏的海浪。穿著泳裝的美少女們來到白色沙灘上。
令人大飽眼福的景象，看得我和七村心醉神迷。
因為太過幸福，我忽然擔心起這會不會是作夢。不過，自頭頂傾注而下的強烈陽光，與我赤腳感覺到的沙子熱度，立刻告訴我這是現實。
這正是夏天。
有來旅行真是太好了。
一切都很開放的景色讓人心情雀躍。
我們青春的一頁此刻正在書寫。
期待已久的夏季一大活動正要開始。
「「是海啊——————！」」
我和七村一起發出歡喜的吶喊。

就連炙烤肌膚的陽光，也只是使得我們的情緒一飛沖天的刺激。

今天一大早，瀨名會的眾人在車站前集合，分別搭乘由神崎老師和亞里亞小姐駕駛的車子，出發前往神崎老師家的別墅。

我們走高速公路，在服務區休息了幾次。一路上不時吃零食、交換兩輛車上的成員，玩得很開心。大家在車上話題多得聊不完，有時玩起聯想遊戲，或是在放音樂的時候興奮地合唱，一直吵吵鬧鬧。不過因為早起的關係，大家又像突然斷電一樣睡著，變得安靜下來。下了高速公路後，我們在大型超市採購食品等物資。儘管無法否定感覺買太多了，這證明我們就是如此地享受旅行吧。

於是，中午過後，我們終於抵達了目的地神崎老師家的別墅。

別墅的外觀呈現經典的民宿風格。一打開厚實的大門踏入屋內，眼前展開一片由以木材為主的室內裝潢與充滿高級感的現代化家具組成的空間。我和大家都不禁發出感嘆。朝姬同學和紗夕立刻用手機連連拍照。

因為別墅附近有步行就能前往的海水浴場，我們決定立刻去海邊。

大家兩人一組進入分配好的房間，更換泳裝。

房間分配為我和七村、夜華和小宮、朝姬同學和紗夕、亞里亞小姐和神崎老師。

我和七村迅速地換好泳裝，按照神崎老師指派的任務，從儲藏室裡搬出遮陽傘和躺椅。為了方便隨時在海邊遊玩，這棟別墅裡備有一整套齊全的休閒設備。連獨木舟都有喔。

「瀨名你去把那邊的沙灘球吹起來。我來弄這個游泳圈。」

「我知道了。」

等待女生們更衣的期間，我和七村在玄關前活像在比賽肺活量大小一樣不斷吐氣。

此時，夜華和小宮從玄關走了出來。

「希墨你們也太興奮了。」

「因為大家要一起去海邊耶。這不是很讓人高興嗎？」

「這麼說來，這或許是我第一次在日本的海邊游泳。」

夜華忽然開始追溯記憶。

像這樣突然發揮千金小姐氣質，也很有我的情人的風格。

夜華在黃金週期間和家人一起去過國外海濱度假勝地，在她眼中，來海邊玩好像不需要那麼興高采烈。

夜華在泳裝外面穿了一件寬鬆的T恤。儘管如此，還是看得出她凹凸有致的身材曲線。不如說，因為被遮擋住，反倒更加刺激了想像力。

小宮的泳裝是以紫色為基調的平口比基尼，胸前綴著可愛的花邊。

「七七，你把游泳圈吹好了嗎？給我～」

「好。宮內，要接好喔！」

「包在我身上！」

七村像玩套圈遊戲一樣，丟出剛剛吹好的游泳圈。

小宮將雙手舉到頭頂化為圓柱，被套進游泳圈中央。

「「喔喔～」」

我和夜華送上掌聲。

我就像這樣迫不及待地盼著去海邊，想起手機放在房間裡忘記拿了。我急忙返回房間，拿了手機。

當我再度來到走廊上時，碰巧遇到了朝姬同學。

「朝姬同學也準備好了嗎？」

「嗯。抱歉，讓你們久等了。」

「我們剛剛都在下面替游泳圈灌氣什麼的，不要緊。」

「啊。希墨同學，方便問你一下嗎？」

「什麼事？」

「我換了泳裝，你可以幫我看看有沒有奇怪的地方嗎？」

朝姬同學緩緩地拉下身上連帽外套的拉鍊。

不知為何，那一幕在我眼中看來彷彿是以慢動作播放。

拉鏈緩緩地敞開，不久後露出泳裝。

朝姬同學穿的是紅白細條紋花色的簡單比基尼。上衣為透明肩帶。那清新爽朗的印象，看來能直接刊登在週刊雜誌當作封面寫真。我認為這選擇非常好，襯托出朝姬同學這位美少女的好底子。

怎麼說呢，儘管裸露程度高，泳裝是以展示給別人看為前提的服裝。

話雖如此，我對直盯著同學穿比基尼的模樣猛看有所顧忌，眼神不禁遊移起來。

雖然想一直看下去，但又遲疑著不敢多作凝視。

不同於在海邊或泳池邊穿泳裝，在走廊上穿著泳裝這種不上不下的情境，讓我心神格外不寧。

「怎麼樣？」

「很適合妳喔。我覺得非常好。」

「你有好好看過嗎？感覺你很快就轉開視線了？你可以看得更清楚點喔。」

朝姬同學察覺我的動搖，像要戲弄我似的走過來。

此刻，女生正以防禦力低到極點的裝扮接近我。

不妙。緊急情況。色心讓我快要咧嘴偷笑了。

可惡。我沒辦法控制臉部肌肉！

在這種時候才要堂堂正正啊，瀨名希墨！

別輸給什麼泳裝的力量。

「來，希墨同學，轉過來嘛。看了又不會少塊肉。」

「朝、朝姬同學。最好不要太挑釁男人。」

作為男人的本能，讓我無論如何都會感興趣。

正因為看慣了平常的制服打扮，落差才會更大。

我別開視線，在目光所及之處，看到了我房間裡的床鋪。

坦白說，泳裝不就相當於內衣嗎？對於沒有經驗，對真實的女生沒有免疫力的青春期男生來說，實際看到女生穿泳裝還是太過刺激了。

跟寫真或是網路上的圖片差距太大了。她是立體的，會活動，本人也正在說話。

「我不是那種會賤賣自己的人，你放心。」

「對、對什麼放心？」

我的聲音變調。

「我希望希墨同學是第一個看到的人。你喜歡這件泳裝嗎？」

又說這種刺激男人心的話，朝姬同學真是惱人。

「朝姬同學，妳最好別太過信任男人。」

「咦，你這是突然怎麼了？」

「我就如妳所願，看個清楚吧。別動。」

不能被單方面被戲弄到底。

我轉守為攻，鉅細靡遺地觀察朝姬同學全身上下。

宛如用視線掃描一般，將所有細節都烙印在眼中。

「——……啊，那個，被你這樣理直氣壯地直盯著看，有種奇怪的感覺耶。」

「朝姬同學，就保持這樣。」

她正要抬手遮住胸口，被我制止了。

剛才的從容消失無蹤，朝姬同學的臉頰轉眼間泛起紅暈，只能忍受著這個想遮掩卻沒辦法遮掩的不上不下狀態。

這場羞恥心懦夫賽局的勝利者，是我。

「結、結束了！」

朝姬同學攏上連帽外套的前襟，直接奔下了樓梯。

我被獨自留在走廊上，心頭襲上一股奇妙的亢奮與空虛感。

「泳裝的威力果然不是蓋的。」

夏日魔物（色慾）真是毫不留情。

◇◇◇

大家集合起來，出發前往海水浴場。

我和七村卸下從別墅搬來的行李，開始設置遮陽傘。

我們在沙灘上鋪開兩張大墊子，拿冰箱和行李當重物壓住，以免被風吹走。然後分別插上大遮陽傘製造遮蔭，並在傘下排開躺椅。

「噗！學長們還沒弄好嗎～！」

「要是不滿意，那紗夕也來幫忙啊。」

「搶走男性活躍的機會，我會過意不去。」

紗夕穿著螢光黃色的比基尼，下半身則是牛仔短褲。她頭上戴著遮陽帽，展現一身充滿紗夕風格的休閒穿搭。

「不如說，我熱得已經等不下去了。」

「我有同感！我們到海裡去吧！」

朝姬同學和紗夕甩掉涼鞋，衝向沙灘。

呀～她們發出可愛的驚叫聲，進入海中。

兩人在浪花邊緣嘩啦啦玩水的模樣，看來開心極了。

「各位，請做好熱身運動，記得經常休息，補充水分。千萬不要逞強。小心受傷與意外。不要單獨行動，離開時一定先告知某個人。這裡還有其他遊客，注意別太過大聲喧嘩，造成他人困擾。」

神崎老師用一如往常的態度陳述了注意事項。

老師的泳裝散發高雅的度假風情。她戴著寬邊帽，高領上衣的胸口是織法複雜的蕾絲，腰間繫著沙灘長裙。露出的肌膚不多，但沒有完全遮蓋住屬於成人女性的身材曲線。

「紫鶴好認真！這樣好死板。這不是學校活動，放輕鬆一點吧。」

「可是，身為受託照顧學生之人……」

「好了～那麼女生要小心搭訕，男生不要失控暴走。說完了，去玩吧。」

亞里亞小姐說完簡潔的叮嚀，立刻在躺椅上躺下來，伸展一雙長腿。

「咦，才剛到就躺下來嗎？」

「大人有大人享受樂趣的方式。阿希，可以拿罐裝啤酒給我嗎？」

亞里亞小姐把墨鏡微微往下挪開，立刻使喚起在附近的我。

她的泳裝是時尚的名媛風格。那件設計精巧的肩帶交叉比基尼，還附有細鏈條裝飾，既時髦又性感。她毫不吝嗇地大方展現出依然讓人看得著迷的好身材。

「白天就喝酒，不會太早嗎？」

我說了聲「請用」，像服務生般從冰箱裡拿出一罐啤酒遞過去。

「反正在放暑假，有什麼關係。而且我從早上開始就不停開車，心靈和嗓子都渴得冒煙嘍，可以得到這點小獎勵吧。啊～真好喝。」

亞里亞小姐品嚐冰涼的啤酒，彷彿這一刻無比幸福。

一路為大家開車的神崎老師和亞里亞小姐好像累了，進入在遮陽傘下休息的狀態。

兩位美女難掩的性感，自然而然地吸引來海灘上的視線。

面對成人組壓倒性的性感魅力，即使我告訴自己不可以去意識到，目光還是不禁受到吸引。這裡也有夏日魔物（色慾）。

「……阿希也盯著看太久了。色鬼。」

「咦？」

亞里亞小姐眼尖地發現了，對正在收拾散亂行李的我指出這一點。

「因為你的手都停下來了。我要向小夜告狀喔。」

「等等！這樣說不定又會引起誤會了，饒了我吧！」

我想避免在難得出來旅行時，發生姊妹吵架。

「希墨同學你們也過來啊！」

「很涼很舒服喔！」

朝姬同學和紗夕泡在水深及腰的海水中，開心地互相潑水玩耍。

我也想脫掉T恤，走向大海，但夜華正在猶豫要不要脫下T恤。

「夜華，妳不游泳嗎？」

「要游呀，可是……」她一邊回答，一邊揚起眼睛看向我。

「妳覺得難為情？」

「嗯。」

我抱著世界末日般的心情，跪倒在沙灘上。

「這明明是我苦惱萬分，直到最後才選出的泳裝的發表日，卻不能看到。我明明期待得要命。太過分了。」

我發出嗚咽。

「所、以、說，這麼受到期待，我也會有壓力的。」

「這是什麼話。光是能跟夜華一起來海邊玩，就是最棒的夏天了，而且還能看見妳穿泳裝的模樣，對我而言就像是奇蹟一樣。只會無上限地加分啦。」

我不加隱藏地說出心聲。

不知為何，夜華陷入沉默，在附近的七村和小宮用意味深長的視線看了過來。

「你聽見了嗎，七七～？」

「我聽見了，宮內。瀨名還是老樣子，出球都是剛速球啊。看吧，有坂臉紅得跟熟透的番茄一樣了。」

「我可沒說錯任何地方。」

期待看到自己情人穿泳裝的模樣，有什麼不對？

「——啊，真是的！只是個泳裝吧！」

夜華終於脫下了T恤。

我倒抽一口氣。

穿著我挑選的薄荷綠比基尼的夜華就站在面前。清爽的色彩相當襯托夜華的白皙肌膚，搭配具有少女感的設計，更強調出清潔感和溫柔的印象。我認為這是替氣質成熟的夜華帶來新魅力的一套絕妙泳裝。

「………」

「那麼，感想呢？」

夜華害羞地用手臂抱住自己，同時問我。

「非常適合妳！我想一輩子看下去！」

「坦率過頭的感想好噁心……」

「我在讚美妳啊。正在全力讚美妳。」

「我充分感受到了，但你也太卯足幹勁了！」

也許是在掩飾害羞，夜華言詞尖銳地回答，但我沒怎麼聽進耳中。我僅僅茫然地看她看得入神。

「真、真是的，快點進海裡啦！」夜華牽起我的手。

這意思是與其被一直盯著猛看，不如待在海中比較好吧。

終於進入海水後，發燙的身軀舒服地逐漸冷卻。

「海上真舒服～」

小宮套在一個大游泳圈裡，漂浮在海浪上。

「小宮，小心別太過放鬆被沖走嘍。」

「我不會打瞌睡啦。而且，我有個強力引擎。」
「倒不如說，我可以加速到快得會把妳甩下來嗎？」
七村從後面推著小宮的游泳圈。
「咦，才不要。」
「聽到妳說不要，我反倒更想做啊！」
「喔～好快～」小宮的聲調也顯得很開心。
七村以驚人之勢猛烈打水，兩人的身影在轉眼間遠去。
「我真的和希墨在海中呢……」
夜華用感慨的語氣說道。
「嗯，和去年夏天大不相同啊。」
以前我連想都沒想過自己能和夜華交往，更想像不到，不擅溝通的夜華會像這樣私下和同學們出遠門旅遊吧。
「和朋友一起來海邊玩，感覺好不可思議。」
「可以經歷各種體驗，很好玩吧。」
「嗯。我還以為自己會更緊張，在車上時卻好像一直都在笑。」
「是啊……對了，夜華，妳是不是正勉強把肩膀以下都泡在海中呀？」
夜華頭部的位置奇妙地偏低。她是不是正故意彎腰，藏起穿著泳裝的身體呢？

我從夜華頭上露骨地凝視著海中被比基尼包裹住的胸部。
「不要像那樣從上面盯著看啦！」
「那麼，從海中看就行了嗎？」
我在聽到回答之前潛入了海裡。
我不顧海水是鹹水，微微睜開眼睛，無恥地企圖從海裡觀看夜華的身體。然而，我的視野在那之前突然轉暗。有手臂在我的後腦勺環了上來。
接著，柔軟的觸感和窒息感同時襲來。
我立刻察覺那是什麼，拚命忍耐著想留在水中。
但是一開始被抱住時我吃了一驚，在肺部的大部分空氣都從化為氣泡從口中消失了。
儘管如此，我仍持續忍耐。我反倒還想永遠保持這樣下去。
我在近乎無氧氣的狀態下，挑戰潛水的極限。
「咦，吶，你沒事吧？連氣泡也沒看到耶。」
就在夜華鬆開手臂的同時，我衝出海面。
我劇烈的呼吸，身體拚命地渴求氧氣。
空氣美味得要命。
「我還以為會死。」
「你到底忍耐了多久啊！」

看到我對她的惡作劇豁出了全力。夜華很擔心我。

「咦，這裡是天堂？還是現實？」

「是哪一邊呢？」

「我剛剛用臉感受到了幸福的觸感，所以我要再確認一次。」

當我準備再度潛水，夜華慌忙阻止了我。

「希墨的執著比我想像中更驚人。我本來以為你馬上就會從水裡冒出頭了。」

「我很高興妳做出這麼大膽的舉動就是了。」

「只、只是個擁抱。」

「是嗎？那是在水中，跟平常有各種不同喔。」

「夠了！你不用回想！」

「沒辦法啊。因為有夠軟的。」

「別說出來啦？」

夜華就像要消除我的記憶一般撲了過來。

「看到妳變得很積極，作為情人我很高興喔。」

「……因為只有一瞬間，我還想說你可能分不出來。」

「這也太小看我了。」

情人的臉龐近在咫尺。然後，她突然靠近，輕輕地吻了我的嘴唇。

「今天的吻是鹹的呢。」

「因為我偷偷地流下了歡喜的淚水。」

「哪有啊。你臉上在偷笑。」

「因為我之前想過，在旅行中大概很難有機會接吻。」

既然有大家在，我想應該沒辦法像兩人獨處時一樣互動，所以夜華的偷襲之吻，是令人高興的意外。

「——我好像喜歡接吻。」

「我們真合得來。我也很喜歡。」

「要再來一次嗎？」

「雖然很想，可是再不過去會合，大家會起疑心吧。」

我悠哉地這麼想，但是和平常一樣，我的認知太天真了。

「剛剛你們在一起做什麼？又是潛入海中，又是擁抱的，看來很開心呢。」

當我們遲來地返回大家那邊，朝姬同學就微笑著說道。

「希學長與夜學姊，即使出來旅行也無拘無束呢。」

「你們好甜蜜喔！」

紗夕和小宮興奮不已。

夜華眼神銳利地瞪著朝姬同學，但好像因為是自己導致的結果，無法公然責備她。

「～～～唔！」

「怎麼了，有坂同學？情侶感情好真讓人羡慕呢～」

夜華決定保持沉默。不知是因為害羞，還是對朝姬同學生氣，她整張臉到耳根都紅透了。

「瀨～名～～」

在這個相當緊張的場面中，隨著一聲令人毛骨悚然的呼喚，七村像光頭海怪一樣自海面探出頭。

「哇，幹嘛。還有，你為什麼站在我後面？」

我有種不好的預感。

「瀨名，這次是團體旅行。如果你想和女朋友親熱，就忍耐到晚上吧。」

「我、我們兩個只是聊天而已吧！」

「有坂不管在哪裡都很顯眼！你要多考慮周遭一點！」

七村這麼大喊，手臂牢牢地抓住我的腰。

「七村，別這樣！住手！」

「就算你是幹事，也不用多說了！」

「別衝動！」
我拚命掙扎試圖逃開，七村粗壯的手臂卻紋風不動。
「現充給我爆炸啊啊啊啊啊——！」
「只有你沒資格說我吧——！」
我直接被高高的丟向空中。多麼強勁的威力。
一瞬間的無重力感。
我從正面看見了天空，在下一瞬間摔進海面。
「幹得好，七村同學！」
「破壞團體和諧的傢伙該受天罰！」
朝姬同學與七村將手臂伸得高高的擊掌。
鹹鹹的海水跑進鼻子裡，害我大聲嗆咳。

◇◇◇

接下來，大家在海邊遊玩之後，吃了一頓遲來的午餐。
太陽開始西斜，溫暖的海風和飽足感引發睡意，大家紛紛包上蓬鬆的浴巾，悠閒地休息。

「瀨名，過來一下。」

就像正在等待那個時機，七村將我單獨拉了出去。

我們漸漸遠離大家所在的遮陽傘。

「哎呀～有坂姊妹與神崎老師三巨頭真是魄力出眾。其次是可以期待日後成長的幸波吧。支倉的比例巧妙極了。宮內的體型也相當有魅力，喜歡的人會很喜歡。」

「這些話千萬別當著本人面前說喔。你會被宰掉的。」

「因為我們都是男的，我才會直接說出來啦。」

「那麼，七村。這邊有什麼東西？」

他特地帶我出來，總不會只為了聊奶子。

彷彿在說「問得好」一般，七村咧嘴一笑露出白牙。

「陪我去搭訕。」

「啊？」

「搭訕。那邊有我感興趣的美女，過去攀談吧。」

在七村指出之處，穿著性感泳裝的大姊姊們正躺在遮陽傘下。

「你要去喔？我可是有夜華了喔。」

「只要不講出來就沒問題。」

「很有問題。那麼做是出軌吧。」

「真斤斤計較～」

「要搭訕你就自己一個人去啊。」

「這是我的友情，想讓你體驗一個夏天的經驗喔。」

「如果被夜華知道，我就得切腹謝罪了。」

「有那麼嚴重喔。」七村嗤之以鼻。

「明明人在同一片沙灘上，這麼做太蠢了。」

「就算有風險，男人也應該勇敢地去挑戰。」

「我才不需要這種積極！」

「你很不上道耶。就當成是人生經驗嘛。」

七村以非常輕鬆的態度邀約我。

「明明跟學校的大家一起來玩，卻要找別的女人搭訕，我反倒才難以理解。」

「因為～我實在不能對瀨名會的女生出手，而且她們都是不受我魅力吸引的特殊女生吧。你只要跟有坂卿卿我我就夠了，我卻很不過癮喔。」

這意思是說，來到海邊看見穿著泳裝的女性，刺激了七村作為男性的慾望嗎？

「如果被大家發現，會招來更多白眼喔。」

「沒問題啦。你站在旁邊就行了。如果搭訕順利，你只要隨便找藉口溜掉就好。」

「就算這樣，我還是不願意。」

「那我要把你們接吻的消息傳遍全校。」

七村泰然自若地用無情的口吻威脅我。

「這一招好卑鄙！」

「背叛男人友誼的代價是沉重的。」

「真正的友誼不需要代價吧。」

雖然我拒絕了，七村強行蠻幹到底。

我事先預想過，得保護我們團體的美女們不受搭訕男騷擾。

不過，雖然只是跟過去，我沒想到自己會當起搭訕的那一方。

七村去找他盯上的上班族大姊姊二人組攀談。

面對他野性的外表、鍛鍊過的結實身體與輕快的口吻，對方看來也頗為意動。

「你身材超棒的耶，腹肌一塊一塊的。」

「要摸摸看嗎？」

「哎呀，好硬！真猛！」

長髮的大姊姊戳了戳七村的腹肌，顯得很興奮。

我只是像尊地藏石像般，一語不發地站在旁邊。我在場有意義嗎？

不知怎的，七村一口氣快把事情談妥了。

好厲害，感覺會順利進展下去。

「那麼，我比較中意那邊的男生。感覺很青澀。」
才這麼想著，就出乎意料被看上了？
「不，那個，我就不用了。」
「啊～他在緊張呢，真可愛！」
另一位短髮的大姊姊自顧自地興奮起來了耶？
「太好了啊，瀨名。」
才不好，笨蛋！
「不必擔心，我會溫柔對待你的。他們那邊也好像也處得不錯了。」
大姊姊像蛇一樣滑過來，靠到我身旁。

「——你們兩個在做什麼？」

我回頭一看，神崎老師站在那裡。
「嘎？」
七村發出活像青蛙被踩扁一樣的丟臉叫聲。
直到剛剛都興致很高的大姊姊二人組，或許是被神崎老師的美貌與不悅的表情所壓倒，僵住不動。

「他們是高中生。請收手吧。」

神崎老師簡潔的留下這句話，目光從大姊姊二人組轉向我們。

「你們兩個也是，明明是高中生，這是在做什麼。」

神崎老師的聲調帶刺。

「抱歉，瀨名。我肚子痛得厲害，先去廁所了。之後的事交給你了！」

七村發揮籃球社王牌非比尋常的腳力，掀起沙子飛速逃走。我還來不及叫住他，那一百九十公分的高大身軀已在轉眼間縮小。

不，明明肚子痛，你也跑太快了！

原本最興致勃勃的七村撤退，導致氣氛變得非常微妙耶！

「我們走吧，希墨先生。」

神崎老師猝不及防地用我當代理男友時的稱呼叫我，拉住我的手臂。

「咦，等一下。」

就像被搶走了獵物，大姊姊吊起眉毛。

「我才剛帶他見過我的父母，要是被別人出手，我會很困擾的。因為我正在珍重地培養他。告辭了。」

老師用這番話讓對方閉嘴後，強行拉著我離去。

我們快步前進，暫時沒有說話。

走到離大姊姊們足夠遠的地方後，老師鬆開我的手臂，重新轉向我。

「——你有什麼該說的話嗎？」

「求妳了，老師！我只是被拖下水而已！」我打從心底懇求。

「是七村同學約你的吧。」

「正如老師所說的。」

「為什麼不拒絕？」

「我試圖拒絕過，但基於男人的義氣……」

「真骯髒。」

「我是冤枉的！」

為什麼我必須站在燦爛閃耀的盛夏太陽下的灼熱沙灘上，聽泳裝美女教師訓話呢？

「沒想到連瀨名同學也會做出那種事，我有些失望。」

「這是誤會。請相信我，紫鶴小姐！」

當我衝動地大喊，老師肩頭一震。

「突然直呼名字是犯規的！」

老師這麼說時，臉上沒有平常在教室裡展現的冷靜沉著，反倒像我扮演代理男友時一樣的充滿情緒。

這件事有如此讓她驚訝嗎？

「老師剛剛不也直呼了我的名字嗎？」
「那是為了帶你離開而演的戲。別無他意！」
神崎老師斷然地大聲解釋。
「就、就算不這樣拚命否認，我也明白的。」
「失禮了。不過，如果造成奇怪的誤會，那就麻煩了。」
「老師不必擔心，我也知道妳很為學生著想。」
「沒錯，我們始終是教師與學生！僅僅如此而已。」
這樣格外強調地否認反倒讓我不禁亂猜。
「……老師，發生了什麼事嗎？」
「要是發生了什麼事，那就麻煩了！」
老師近乎尖叫地大喊，又難為情地垂下頭，這次小聲地說了句「我去冷靜一下」，逃跑似的走向與遮陽傘所在處不同的方向。

我回到遮陽傘那裡時，只有夜華一個人在。
「其他人呢？」
「姊姊說酒喝完了，要去補貨。神崎老師說要去洗手間。其他人又去海中了。七村同學怎麼了？」

「誰管那個叛徒。」我唾棄地說道，在夜華身旁坐下。

「那希墨，你有空嗎？」

「怎麼了？」

夜華猶猶豫豫地問我。

「為了慎重起見，我想補擦防曬乳，你可以幫我嗎？」

「女生在防曬方面也真辛苦。」

「因為我皮膚馬上就會曬紅。來，這個給你。」

夜華將她的防曬乳遞給我。

「我確認一下，由我來擦真的可以嗎？」

「現在能拜託的人只有希墨啊。」

夜華小心翼翼地背對我。

「也對。直接這樣擦可以嗎？」

「我想想，那我躺下來喔。」

夜華趴下來，以單手解開比基尼的綁帶。

「那麼，我要擦嘍。」

「嗯，拜託你了。」

我先把防曬乳在手上抹勻，然後下定決心碰觸夜華的背部。

「啊嗯。」

霎時間，夜華小聲發出性感的叫聲。

「夜、夜華？」

「我沒事。繼續吧，不要緊。」

我相信夜華的話，繼續塗抹。她對我細微的動作也有敏感的反應，每次都會發出熾熱的吐息。

明明只是擦防曬乳，這種悖德感是什麼？

夜華的呼吸不知為何急促起來，連耳根都變得通紅。

把肩膀與背部、腰部都全都塗好防曬乳後，我的手停了下來。按照順序，接下來就輪到下半身。總之，接下來是屁股。這樣算是ＯＫ的嗎？

「希墨……怎麼了？」

夜華轉過頭，用變調的聲音問我。

「啊，沒有，我正在補防曬乳。」我再度將防曬乳倒在掌心，先從腳尖開始擦起。我的手從她纖細的腳踝滑向柔軟的小腿肚。在抵達膝蓋內側時，我的手一瞬間停頓。

夜華什麼話也沒說。

我認為這代表可以繼續，以謹慎的動作觸摸大腿。掌心感受到柔軟又有彈性的舒服彈力。我的雙手再度漸漸靠近屁股。

咦，怎麼辦？順勢觸摸屁股沒關係嗎？

由於猶豫不決，我對手上的動作疏於注意。

「呀？」

我碰觸大腿內側的拇指，上升到了相當危險的位置。

「希學長，海灘上禁止做色色的事！」

「嗚哇？」

不知何時回來的紗夕瞪著這邊。

「你也嚇得太厲害了。我看你有自覺，自己正在做糟糕的事吧？」

「哪、哪有這回事！」

「你至少想著，能摸到夜學姊的肌膚真幸運吧。」

「既然知道就別礙事。」

「噗！別因為是情侶，就在沙灘正中央發情。」

「姑且不論發情，這只是情侶之間身體接觸的一種吧！」

「那、那個，希望你能快點擦完剩下的部分。這樣好難為情。」

當我回嘴時，被拋在一旁的夜華小聲請求。

「夜學姊，我來幫妳擦。來，希學長讓開。」

紗夕強行接手。

因為都是女孩子，紗夕的動作毫無顧慮又俐落。

她連我遲疑著沒碰的屁股，都仔細地塗上防曬乳。

「哇~夜學姊的皮膚光滑又柔軟，摸起來好舒服。」

「紗夕，不要實況轉播。」

「對不起。不小心玩得興起了。」

只能在旁邊觀看的我，總覺得煩悶不已。

不，這類似於美容護膚。只是為了保護肌膚而塗上防曬乳。

「夜學姊，為了避免有沒擦到的地方，我把腋下也擦過喔。」

紗夕的手滑向夜華腋下，然後表情一變。

「哇，胸部好大。好驚人！」

「紗夕，有那麼驚人嗎？」

「是的。這是國寶級的胸部！」

紗夕聲調認真的感想，使我的想像力振翅飛翔。

在海中貼到我臉上的那兩團，原來是國寶級的嗎？

「不要說奇怪的感想！會癢啦！」

夜華扭動身體，想躲開紗夕的手。

「但是，我希望夜學姊的波濤洶湧保持漂亮的狀態！」

「妳揉得也太凶了！」

被乳房魔力所困的紗夕手沒有停下來。

她到底打算塗到多遠的部位啊！我忍不住凝視。

「——給我差不多一點！」

隨著夜華的叫喊，我回過神來。

「紗夕！就算要打打鬧鬧也太過火了！」

既然這裡是供不特定多人數使用的海灘，這會不會構成公然猥褻罪？我立刻制止。

我把還想抓著夜華不放的紗夕扯了下來。

「我、我來保護夜學姊的胸部不被曬傷！」

「不行，乳房的魔力讓妳中邪了。」

夏日魔物（色慾）對女生也非常有效。

即使被架開之後，紗夕還在掙扎。她拚命地伸出雙手揉捏著天空。這不是發情得比我還嚴重嗎？可惡，坦白說我好羨慕。

「什麼叫乳房的魔力啊！你是笨蛋嗎？」

「這對學長學妹是傻子嗎！」夜華對大聲爭論的我們大發雷霆。

第九話　不會冷卻的熱情

自海邊返回別墅之後，我們決定直接前往這棟別墅的樂趣所在，也就是露天浴池。
「由於大浴場只有一間，不好意思，兩位男生請稍候。」
「咦咦～～～！大家來混浴嘛～～～！」
七村的吶喊在整棟別墅內迴響。
女生們的破口大罵如雨點般落下，當然自不待言。
「對了，更衣室當然有上鎖，無法做出失禮的行徑。如果有人企圖用什麼方法偷窺，我在教育上將無法坐視，請有所準備。」
神崎老師用沉穩大方的口吻宣布，但眼睛裡沒有笑意。
「瀨、瀨名你也想混浴吧？」
「這次我毫無認同感，也無法為你說話。」
我也無情地推開了他。
「至少來個基本款的偷窺浴池吧。」
「七村，那種東西是男人的愚蠢幻想。清醒點吧。」

「不不，這反倒是對女生們的禮貌。」

「如果你這句話是認真的，我會看不起你喔。我會用全力阻止你的。」

聽到我殺氣騰騰的警告，七村難得老實地作罷了。

哪個世界上會有男人，容許別人偷窺自己的情人正在洗澡的浴室？不，絕不會有。

「我們去外面的沖洗區把海水沖掉，妳們別在意慢慢泡吧。」我押著七村去了外面。

於是，泡澡時間到了。

蒸氣的另一頭是天堂。

寬敞到即使所有人都泡在浴池裡也能伸展雙腿的大浴場，直接使用從源泉湧出的溫泉。浴場設備氣派，就算與溫泉旅館相比也不遜色。

雖然水溫有點燙，溫泉的成分具有美容效果，受到女生很高的評價。

「大型的浴池果然很棒。」

「紫鶴，不管來多少次，這間浴池都是最棒的。」

成人組的兩人已完全進入放鬆模式。

「老師，為什麼這裡是私人別墅，卻有如此氣派的溫泉？」

朝姬一邊這麼問，一邊早早地出了浴池，坐在浴池邊緣。

「我們家是將舊民宿翻修成別墅的。這是以前的設施。因為考慮到會有需要招待客人的時候，我的雙親刻意保留了下來。」

「所以建築物明明很時髦，浴場卻充滿風情啊。」

朝姬看來理解了，她重新環顧整個浴場。

「因為好寬敞，讓我忍不住想游泳。」

「我懂得那種心情。我小時候也在媽媽沒注意到的時候，避開媽媽游泳過。」

聽到朝姬的感想，紫鶴回想起小時候笑了笑。

「啊～好舒服。好放鬆……」

夜華肩膀以下都浸泡在水裡，發出不設防的嘆息聲。

彷彿疲勞逐漸融化在熱水中的感覺，讓她放鬆了表情。

「夜學姊的胸部果然好大。」

旁邊的紗夕凝視著漂浮在熱水中的乳房。

「紗夕，妳什麼時候變成這麼熱愛胸部的角色了？」

卸妝後素顏的日向花，由於是娃娃臉，看來顯得更加幼小了。

「不，因為我無法抗拒國寶級的魅力啊。」

也許是忘不了白天的觸感，紗夕雙手開開合合地捏著。

「用妳自己的胸部忍一忍吧！」

夜華警惕地用手臂掩住胸口。

「自己的和別人的是兩回事。」

紗夕粗魯地用雙手抬起自己的乳房。雖然沒有夜華那麼大，紗夕以高一生來說也算是大的。而且還在成長當中。

紗夕環顧浴場內的女生們。

「在尺寸上，神崎老師遙遙高居首位，其次是有坂姊妹呢。唔～相同的DNA真強大！然後是均衡型的朝學姊。日向花學姊則是可愛的大小呢。哎呀，真是一場賞心悅目。」

「……紗夕，千萬別向男生透露喔。」

女生們皺起眉頭，對天真無邪地評論的學妹投以責備的目光。

「那是當然的啦。情報正因為獨占才有價值。對了，夜學姊。」

「什麼事？」

「最近希學長果然有在幫助妳發育嗎？」

「那怎麼可能！」

就像當作這是裸裎相見不講客套的聚會般，紗夕毫無顧忌地發問。

「明明是情人，希學長還真能忍耐啊。換成我大概會忍不住去摘呢。」

「別講得跟水果一樣！」

「對男生來說，那就是禁果啊。」

「說什麼無聊話。」朝姬冷笑。

「我想墨墨在那方面很守規矩吧？」

日向花開口幫腔，試圖改變對話走向。

「等等，小夜！姊姊我可不允許！」

不能當作沒聽到的亞里亞立刻插話。

「不要連姊姊都摻一腳啦！」

雖說是親人，如果連這方面都感興趣的話，夜華也不知該如何反應。

「那個，好歹是在班導師面前，請別談太過赤裸裸的話題。」

紫鶴顯得很尷尬。

「紫鶴，不能掉以輕心呀！女生在放暑假後去保健室找老師商量這種事，每年都會發生很多件！妳得作為班導，好好盯緊這方面才行。」

「的確每年都會聽說這種案例，但是……」

當著學生們的面，紫鶴斟酌言語，想著要如何回答。

女生們在浴場裡的私房話愈聊愈熱烈。

「幸波同學，可以借用妳一點時間嗎？」

洗完澡後，紫鶴向坐在客廳沙發上的紗夕開口。
突然的情況，令紗夕感到緊張。
是剛才鬧得太過頭了嗎？她一邊反省自己的行動，一邊緊繃起來。
「請別那麼拘謹。」
剛洗好澡的兩人拿著冷飲，走到陽台上。
黃昏的涼風吹在發燙的肌膚上，感覺很舒服。
「那個，神崎老師。雖然現在問也太晚了，不過連我都來參加，沒關係嗎？我不僅學年不同，也不是老師班上的學生。」
「嗯，當然沒關係呀。多虧幸波同學向我的雙親表達意見。我才能像繼續這樣當教師。我深深地感謝各位。」
「因為那是我的贖罪。」
「妳的說法好誇張。」
「那個，因為在初春時，那件傳聞的事也給茶道社添了麻煩。」
「幸波同學，既然當事人瀨名同學和有坂同學都接受了，我就沒有什麼要說的。所以，那是空穴來風的謠言。」
「真的很抱歉。」
紫鶴發現紗夕比想像中更加耿耿於懷。

紗夕歉疚地將身體縮成一團。對於傳聞在巧合之下因為自己的緣故傳播開來，她作出了超出必要程度的反省。

如果說孩子能夠犯錯，那麼能夠在反省錯誤後成長，也是孩子的特權。

身為教育工作者，神崎紫鶴不能容許失敗以失敗的狀態作為負面記憶告終。

紫鶴切入正題。

「我不是想責怪妳，而是有事要拜託妳。」

「這是怎麼回事？」

「——要不要加入茶道社呢？」

「咦？」

紫鶴太過令人意外的邀請，讓紗夕懷疑起自己的耳朵。

「那個，現在才加入不會不好嗎？」

「沒關係的。難得妳來參加過體驗入社，也是有緣。如果幸波同學還感興趣，我會作為茶道設顧問歡迎妳。」

「可是……」

「我總是會單獨指名我所期待的人。瀨名同學可是因為這樣，連續兩年擔任班長喔。」

紫鶴若無其事地說。

「希學長很受老師信任呢。」

「妳也是喔。請妳務必好好考慮。」

「……我會、想想看。」

這是現在的紗夕盡力所能擠出的回答。

巧妙的是，幸波紗夕也和瀨名希墨一樣，漸漸被神崎紫鶴的話打動。

◇◇◇

「歡呼吧！紫鶴準備了昂貴的高級肉！」

聽到亞里亞小姐的呼喊，我們兩個男生發出咆哮，手臂高舉向天。

「擅長作菜的紫鶴和小夜預先處理食材，其他人到外面準備烤肉用具。走吧，少年少女們！」

亞里亞小姐一派理所當然地俐落發出指示。

「亞里亞小姐，妳興致真好。」

「大家一起烤肉不是很開心嗎？我相當很喜歡在戶外吃飯喔。」

「我也喜歡。總之，男生來負責體力活吧。」

廚房裡，神崎老師和夜華已在用精湛的刀工一一切著食材。

因為住在這裡的時候要自己煮飯，有兩位擅長做菜的人很有安全感。

首先，菜刀聲很有節奏感。她們將食材陸續切成方便食用的大小，迅速進行著預先處理。兩人以最低限度的對話展現流暢合作的表現，讓人幾乎誤以為是專業廚房。

夜華特地帶來了自己的圍裙。

她穿圍裙的模樣也非常可愛。

雖然有股衝動想欣賞一會兒她精湛的刀工，我還是到外面做準備工作了。

蚊香的煙霧在黃昏的庭園中飄蕩。

我在露出的脖子和手腳上噴灑防蚊液，戴上工作手套，準備完畢。

過去多次造訪過這棟別墅的亞里亞小姐，說她熟悉環境，為我們帶路。

我們合力從儲藏室搬出一整套烤肉用具。

「什麼都準備齊全了耶。」

儲藏室擺放得井井有條的用具種類十分充實，讓我不禁佩服。

「紫鶴的媽媽看起來嚴肅，其實喜歡開派對喔。她好像覺得招待別人很愉快。如果以後還有機會見面，她會招待你吃大餐的。相對的，你會被狂塞食物就是了。」

「要是下次再見到老師的雙親，我會沒命的。」

作為神崎老師的代理男友與她那有壓迫感的雙親見面，讓我心驚膽戰。

「如果他們真的討厭你，就不會邀請你來這樣的別墅。」

「反正我就是個膽小鬼。」

「搶走我寶貝妹妹的男生在謙虛什麼啊。」

亞里亞小姐用手指戳戳我。

「我珍惜夜華的心情，不會輸給亞里亞小姐的。」

我一本正經地回答。

「——會認真想和我競爭的人，也只有小夜和阿希了。」

亞里亞小姐的表情看起來有點落寞。

「啊，木炭數量不太夠。為了保險起見，來劈柴吧。如果有多出來的，拿來升營火就行了。」

劈柴的工作交給七村一手負責。

他用斧頭將木材劈成方便使用的大小。懂得如何好好運用身體的七村沒怎麼費勁，劈好的木材都呈現均等大小。真有一套。

我在烤肉爐裡擺放木炭和點火劑。接著點燃火種，用團扇搧風，開始生火。

女生們將餐具、筷子與飲料端到桌上。

「亞里亞小姐感覺很熟練呢。老實說，我很意外。」

亞里亞小姐在一旁看著我調整火勢。

「我在大學研究室經常會烤肉。我也喜歡在戶外吃飯的開放感。不過，我主要都是像這樣一手拿著啤酒，發出指示而已。」

「現在連一片肉也還沒烤耶。」

「光是看著美少女們勤勞的身影，就是很好的下酒菜。」

「妳在海邊明明也喝了不少，請別喝過頭了。」

我真的擔心了起來。

「在我醉倒時，阿希再來照顧我吧。」

「如果暴露那種醜態，妳又會被夜華禁酒喔。不如說，真虧那時候妳能忍著沒喝。」

「那一次算是一種了斷吧。」

「妳有好好地記得與我之間的約定嗎？」

「如果懷疑的話，要再打一次勾勾嗎？」

「看這個反應，應該沒問題呢。」

確認火勢漸漸穩定後，我擺放鐵網和鐵板。

等到高溫傳導到整片鐵板，就可以隨時烤肉了。

「吶，阿希。我並非總是在盤算著什麼。我只是正常地與人交談，對方聽到後擅自受到搧動而已。啊，喝光了。」

亞里亞小姐想把空罐放在桌上。

「那邊準備了垃圾桶，請丟到那裡。」

「那交給你了，阿希。」

就像送禮物一樣，她想將空罐交給我。
「請別撒嬌。」
「我拿不動比筷子還重的東西。」
「妳都自己把350ml的罐裝啤酒喝光了吧。」
真希望她別突然發揮有錢人屬性。
「順便再拿一罐給我。」
「這裡採取自助式服務喔。」
「我會代為看著火的。」
「亞里亞小姐。」
「阿希好嚴格。」
「是亞里亞小姐妳太習慣自然地受別人照顧了。」
「如果沒有人整天照顧我，我可能會死掉的。」
開著玩笑的亞里亞小姐顯得十分愉快。
「真的感覺都不會無聊呢。」
「嗯。如果和我在一起，我保證會度過快樂的人生。」
亞里亞小姐的笑容魅力十足，我忍不住看得入神。
「怎麼直盯著我的臉看？」

「我只是在再度確認，妳的臉長得很漂亮而已。」

「……別突然稱讚我啦。都打亂了我的步調。啊，既然阿希不肯幫我拿酒，我自己去拿一罐新的！」

亞里亞小姐拿起空罐，匆匆地走掉。

神崎老師與夜華預先處理好的食材，一一排列在烤肉爐的鐵網上。

曾在神崎老師家當過火鍋指揮官的亞里亞小姐，今天當起了烤肉指揮官。她技術高明地烤著帶雪花的高級牛肉。她不慌不忙地細心觀察著肉的燒烤程度。

「嗚喔，看起來好好吃。」「肉汁正在閃閃發光。」

我和七村拿著筷子與餐盤，迫不及待地等著肉烤好。

「好，ＯＫ，可以吃嘍！」

「「我開動了～！」」

我撲了過去，夾起剛烤好的肉送進口中。

好燙。而且肉片的脂肪甘甜美味。因為今天身體活動量大，攝取到的卡路里滲透全身。

「啊，肉質好軟。好厲害。」

朝姬同學看來也對高級牛肉的美味很感動，臉上露出微笑。

「在外戶外吃飯感覺很好玩呢。」

小宮似乎也很享受。

「這邊的蝦子也很彈牙。」

紗夕一臉幸福地品嚐著已經去殼方便食用，剛剛烤好的蝦子。

「肉還有很多，大家別客氣儘管吃。」

「也要記得吃蔬菜喔。我還準備了炒麵當最後一道料理。」

廚房組的神崎老師與夜華向大家說道。

站在爐火旁等候的男生組，食慾深不見底。

已經進入了哪一片肉烤好就一一吃光的狀態。

「等等，希學長。哪邊的肉是我看上的！」

「真天真。先搶先贏啦。」

「噗！你也太貪吃了。讓開。」紗夕也擠了進來。

「好，那就優先給可愛的女生。」

擔任燒肉指揮官的亞里亞小姐，把烤得恰到好處的肉片放在紗夕的餐盤上。

「哇啊，夜學姊的姊姊好溫柔！」

「我也想吃那邊的肉！」

「可以呀。宮內也盡情地吃吧。」

「好耶～！」

亞里亞小姐依照要求，把正適合入口的肉片放進小宮的盤子。

「「等等！反對男女差別待遇！」」

我和七村立刻抗議。

「男生們太狼吞虎嚥了。也吃一點蔬菜吧。」她在我們的盤子上放了滿滿的烤蔬菜。

「雖然蔬菜也很好吃，卻贏不過肉的魅力。」

「更重要的是，我單純是想吃夠分量。」

我和七村都迅速地吃完餐盤上的夏季蔬菜，再度為了等肉站在烤肉爐前。

「墨墨、七七，這不是比誰吃得快的比賽喔。」

「對啊，好吃的東西應該大家一起分享。」

小宮和紗夕都對我們的狼吞虎嚥感到傻眼。

「本來覺得肉有多買了，但這樣夠用嗎？」

神崎老師擔心起食材的消耗量。

「先不提運動社團的七村，原來希墨同學也那麼能吃啊。很有男生的感覺。」

朝姫同學顯得很意外。

「希墨很會吃喔。我平常便當分量都做得比較多，但他總是會吃得乾乾淨淨。」

「……有坂同學，請別輕描淡寫地炫耀情人關係。」

「對不起。這對我來說並非什麼需要驚訝的事，所以不禁說了出來。」

夜華和朝姬同學目光交會，火花四射。

「小夜，先去將炒麵拿過來。照這樣下去，飢餓的男生們會把肉吃光的。接下來改成肉烤好以後端上桌的模式。專門負責吃的人去坐下來！」

燒肉指揮官看不下去，做出準確的安排。

「那個，希學長、夜學姊，可以打擾一下嗎？」

在烤肉晚會途中，紗夕挑了我和夜華兩人獨處的時機開口。

她的神情相當緊張。

「怎麼了，這麼鄭重？」

紗夕好像在猶豫要不要說。說話總是乾脆俐落的她，很少出現這種態度。

「是。啊，不過，這是個有點厚臉皮的請求。」

「妳又盯上夜華的胸部了？」

「我是認真地有事商量！」

我試圖讓紗夕放下緊張的玩笑話，遭到她全力否認。夜華也用手肘頂了頂我。

「我想徵得兩位的准許……」

「准許?用詞還真拘謹啊。」

「其實神崎老師提出了邀請,問我要不要加入茶道社。」

「紗夕想怎麼做呢?」

「可以的話,我也想加入社團!」

紗夕以堅定的語氣回答。

「那就這麼做啊。對吧,夜華?」

「嗯。既然紗夕有意願,我也認為這樣做是最好的。」

我和夜華都沒有異議。

不如說,為什麼要特地徵求我們的許可?

「我給你們添了最多麻煩……」

「紗夕也真講規矩啊。既然神崎老師允許了,這樣就沒問題嘍。」

「倒不如說,因為有妳在,才能組成瀨名會這個團體。我反倒想感謝妳呢。」

回頭想想,那場成為瀨名會成立契機的唱歌聚會,也是始於我與紗夕的重逢。

如果大家沒有一起去唱歌,就不會像這樣組成瀨名會。

神崎老師的相親一事,也有可能因此進而無法迴避。

這位學妹的行動,或許意外地成為了為我們帶來變化的契機。

「所以,紗夕,別再介意了。」

「茶道社在文化祭上會表演泡茶對吧？我們會一起過去玩，到時候就拜託妳嘍。」
「好的！我會努力學習到可以泡茶的。」
紗夕神情開朗的笑了。

◇◇◇

所有人都吃飽時，天色已經黑了。
當亞里亞小姐升起篝火，女生們聚集在火堆旁烤著棉花糖。
只有朝姬同學獨自坐在桌邊，啜飲熱紅茶。
「朝姬同學，妳有好好吃到肉嗎？是不是我和七村吃太多了？」
「嗯，不要緊。我已經吃飽了。我在夏季吃得比較少。」
「之前祭典的時候也是，妳很怕熱呢。」
「一方面可能是因為今天有在海邊游泳，覺得累了。」
「這樣嗎。別逞強喔。」
「謝謝你擔心我。」
朝姬同學比起平常來得安靜。
不過，她放在桌上的手機從剛剛開始就不斷振動。似乎正收到好幾則訊息。

「妳不用在意我，可以看手機喔。」

「沒關係。如果回覆，他只會又傳一堆訊息過來。」

「難不成是花菱？」

「對。自從放暑假後，他就糾纏不休。如果我的訊息量是一，他會回覆十倍、二十倍的分量。跟無法用相同節奏互動的對象相處，真的很費勁。讓人好累。」

朝姬嘆了口氣。

基本上屬於被動型萬人迷的花菱會如此積極，看來就像那傢伙在體育館裡說過的一樣，他對朝姬同學非常認真。

「連朝姬同學都會叫苦，看來很嚴重。」

「……真的，只要像你剛剛那樣，說一句關心的話就夠了。然而，他卻只顧著單方面地談論自己的事。我明明沒問他，也不感興趣。」

平常的親切態度消失無蹤，朝姬同學難掩煩躁之色。

唉，不只花菱，我想墜入愛河的男生都會想跟喜歡的女生聊天，不管聊什麼話題都好。如果只是持續交談就能引起對方的興趣，那就不用吃苦了。正因為喜歡，才會沒辦法好好說話，讓努力變成徒勞。

墜入愛河的男生無論如何都會變得很笨拙。

去年我也為了和夜華說話前往美術準備室，但在她答應告白之前，我都沒發現我們是兩情相悅。

「不介意的話，一起吃吧。支倉同學也是。」

夜華端著裝了烤棉花糖夾餅乾的盤子走了過來。

「謝、謝謝妳。」

「夜華，準備食材辛苦了。多虧了妳，晚餐非常美味喔。」

「那是因為神崎老師出手大方地專挑好食材採購。雖然沒有表現在臉上，那個人好像玩得很開心。」

「是這樣嗎？」

「肯定沒錯。因為她在廚房裡哼著歌切菜。」

由於即使前來旅行，神崎老師的表情變化依然不多，看不出來是那樣。

朝姬同學的手機再度開始震動。

「抱歉，很吵吧。我關靜音好了。」

「受歡迎的人物可真辛苦。」

「……怎麼了，有坂同學。妳是不是吃錯藥了？」

朝姬同學伸向手機的手停了下來，懷疑地看向夜華。

「這是個好機會，我想和支倉同學多增進一點對彼此的理解。因為我們的關係是從無法讓步的地方開始的。」

夜華像這樣主動開口，尋求與朝姬同學對話。

「是啊。難得出來旅行，來互相傾吐各種想法吧。」

我贊成道。

如果夜華和朝姬同學的關係變好，那是再好也不過了。

不論如何，直到明年三月為止，大家都還要同班度過半年。

如果能消除誤會及齟齬，或許能減少不必要的壓力。

「難得來到海邊，明天是不是要下雪了？」

「那樣可以降溫消暑，不是很好嗎？」

「是呀。身為班長，願意合作的同伴愈多愈有好處。那麼，妳想談什麼？」

朝姬同學也同意了。

喔喔，感覺有個不錯的開頭。

我抱著見證歷史性會談的心情，期待兩人建立友好關係。

「對我而言，理想狀況是妳完全撤退，至多為停戰。我希望針對附帶的詳細條件作調整。」

「我的希望也幾乎相同。盲目地相爭只會互相消耗，若能進行階段性的合作，我不吝惜讓步。」

夜華帶著不流露情緒的冷靜神情，朝姬同學浮現廣受好評的微笑，兩人隔著桌子交流。

「這是敵國之間的外交嗎！」

當極度公事公辦的條件談判展開，我不由得拉高嗓門。

「是這樣沒錯。」

「希墨同學可以安靜一會兒嗎？」

看來她們始終只是坐上談判桌而已。雙方都滿心想要判讀對方的盤算，同時引導出對自己有利的條件。我老實啃起棉花糖夾心餅乾。

「在一開始，我要先確認——妳是否有意乖乖地放棄？」

「絕無可能。」

「嗯。如果處在相反的立場，我也會如此。」

夜華彷彿在說她早已料到般，乾脆地帶過此事。

「接下來，我想確認我們的前提是否有所歧異。」

「請說。」

對於夜華淡淡的提問，朝姬同學也悠然地回答。

「今後也繼續維持瀨名會這個集會。這一點支倉同學也沒有異議對吧？」

「那是當然。大家明年未必還能同班，而且紗夕與我們不同學年，我認為將繼續需要瀨名會這個團體。」

「那麼，雙方都對瀨名會的存續持贊成意見。」

好奇怪。只有這裡的氣氛很沉重。

明明是夏天，我卻感覺格外寒冷，不光是因為太陽下山的緣故。

當我望轉向篝火那邊，大家都用眼神訴說著：「別把我拖下水」。

就連神崎老師也別開了頭。

看著這個彷彿從天而降的迷你修羅場，亞里亞小姐拚命忍著不爆笑出聲。

看來和平常一樣，這次也不能指望有人相助。

不，比起像上次在學生餐廳那樣把情況攪得一團糟，這樣已經好多了。

「我說，夜華、朝姫同學。這場談話感覺會拖很久吧？我單純地認為，只要妳們更加好好相處，大部分的事情都能順利解決。」

我忍不住直說。

如果她們和至今一樣每次見面就要吵架，周遭的所有人都會感到疲倦。

「希墨，不要誤會。如果純粹是好惡問題，那只要互相無視就行了。正因為對於對方抱著敬意，問題才會複雜。」

「既然抱著敬意，就好好相處啊。」

我打從心底懇求。

「既然希墨只有一個，那是不可能的。」

「希墨同學，我和有坂同學都沒有容易動情到能輕易移情別戀，喜歡上其他人的程度。

這不是從大家去唱歌的時候開始就明白的事情嗎？」

我看妳們其實關係很好吧？

我回想起在黃金週前，瀨名會第一次出遊去ＫＴＶ唱歌時的事情。

當朝姬同學談論愛情觀時，首先有所共鳴的人就是夜華。

如果她們沒有喜歡上同一個人，說不定可以像普通女生一樣，成為暢談戀愛話題的好朋友。

「如果有坂同學能容許開後宮，反倒會順利解決喔。我不介意就是了。」

朝姬同學非常輕鬆地說出大膽的發言，同時瞥了我一眼。

「這、不、可、能！」

「我想也是。」

「什麼和別人共享情人，未免太荒唐了！」

夜華把朝姬同學挑釁的發言當真，但我不覺得她是認真的。

「這只是提議之一。自由開闊的討論可以擴展可能性。」

「以常識來說，這是不可能的！」

「全校落差最大的情侶宣揚什麼普通啦常識啦，也缺乏說服力……」

「無所謂！因為我們兩情相悅。」

「我認為只有在方便的時候拿常識當擋箭牌，才卑鄙喔。」

「首先，希墨又不是東西！」

「要不要開後宮，是由希墨同學來決定的。」

場面簡直像是四月底朝姬同學在教室裡向我告白時的重現。

與說話口吻從容的朝姬同學形成對比，夜華變得愈來愈情緒化。

「希墨不可能會同意！」

「就算瞞著有坂同學，私下與希墨同學交往，我也無所謂。」

「我怎麼可能容許那種事！」

她們完全把我拋在一邊，吵得越發白熱化。

兩人並非主動想起衝突。

只是遺憾的是，她們無法達成和解。

若是食物，可以均分。

然而，換成人類就難以做到。

因為人類是熱愛勝過他人的生物，會想獨占特別之物。

特別在戀愛上，更是如此。

並非優劣之分，只是獲選者與未獲選者之間有著絕對的差距。

畢竟，愛情和博愛精神是最不相容的。

因為珍惜重視，所以不想讓他人碰觸。

能夠獨占來自對方的愛情，將體現其價值。

因此，當造成威脅的存在出現時，產生警惕是當然的反應。

終於，夜華像要讓自己平靜下來般調整呼吸，用靜靜的聲調如此說道。

「像這樣大家一起旅行，我發現果然玩得很愉快。我想這一定是因為同伴是瀨名會的大家。如果扣掉關於希墨的事情，我好像覺得與支倉同學的唇槍舌戰也意外地有趣。」

這是夜華的真心話。她沒有靈巧到能在人際關係上說謊。

「但是，我無法壓抑自己喜歡的心情，也不打算讓給任何人。哪怕有人因此傷心，我也不會放下這段兩情相悅。」

夜華以澄澈的眼神直視朝姬同學。

夜華身上絲毫沒有過去隨著衝動發洩情緒的強硬態度。

也沒有像在鼓起勇氣般的迫切。她的說話方式沉穩而堅定。

「所以，這還算是警告嗎？雖然到頭來，還是重複了與之前同樣的舉動——」

「『如果妳敢礙事，我不會放過妳。明明無意誓死奮戰，那就別對我的男人出手』，對吧。」

朝姬同學打斷夜華後說出的台詞，是之前朝姬同學向我告白時，夜華發出的宣言。

她似乎說對了，夜華一時啞口無言。

「因為那番話衝擊力強烈，我一個字也沒忘掉。」

即使猜個正著，朝姬同學的態度依舊沒變。

「雖然勇猛地說出『我要把有坂同學的台詞原封不動地還給妳』就行了，不過老實說，我也不知該如何是好。」

彷彿在說她對現狀無計可施，朝姬同學聳聳肩，乾脆地吐露。

她主動掀開底牌的態度，讓夜華難掩困惑之色。

「那麼，妳為什麼還要競爭？」

「因為喜歡的心情沒有冷卻。」

朝姬同學堂堂地如此宣言。

「有坂同學能夠像這樣表現，是因為希墨同學是溫柔又專情的人對吧。正因為被這樣的人所愛，才使妳獲得自信。那正是我覺得他吸引人的部分。所以聽起來好像很矛盾，不過多虧希墨同學不會輕易地對別人動情，讓我知道自己沒有看走眼，能感到安心。」

「安心？」

「是這樣沒錯吧。如果原本以為專情的人輕易地中了色誘，會讓人倒盡胃口。在短期間內就換新對象，也會令人有點失望。有坂同學不這麼覺得嗎？」

「雖然我是明白……」

夜華看來一臉驚愕，光是表示同意已用盡全力。

此時，就像要打破現場緊繃的氣氛，朝姬同學的手機再度開始震動。

「啊啊，吵死了！」朝姬同學大喊，粗暴地抓起手機關了機。

「抱歉，明明正在談重要的話題。」

「總之，支倉同學想說什麼呢？」

夜華神情嚴肅地問。

「——我想在距離最近的地方，持續看著專情之人的熱情是否一直都不會冷卻。」

這不同於安逸的維持現狀，或有欠考慮的忍耐。

依觀點而定，看來可能像是矛盾的態度。

她抗拒因為失戀被迫放棄好感，選擇了不對自身感情作偽的道路。

「直到找出勝算為止，妳都要打長期戰嗎？」

「要如何解讀請隨意。我不會做讓人討厭我的舉動，相對的，也不會停止單戀。我這麼決定了。啊，終於說出口了。」

朝姬同學的表情非常神清氣爽。

她承認我與夜華正在交往的現實，同時並不否定自己的感情。

雖然她的說法輕描淡寫，總之——這是戀愛繼續宣言。

第十話　夏日魔物

收拾完烤肉用具之後，大家分別自由活動。
有人坐在戶外的篝火邊，有人去泡溫泉，有人在房間裡休息，大家各自消磨著時光。
我和夜華則要去附近的便利商店補充物資。
派我們出去採購，是大家貼心地想讓我們可以單獨散步吧。
我們依靠零星分布的路燈，走在海岸邊昏暗的道路上。
話題無法避免地落在剛才朝姬同學的事情上。
彷彿要掩飾海風的涼意，夜華牽著我的手不放。
「跟她說話累死了。」
夜華徹底鬧起彆扭。
「不管是誰，經歷那種談話都會很累。別太在意。」
就連幾乎沒獲得發言權的我，在旁邊都聽得胃痛。
當然，那不是肉吃過量造成的疼痛。
「……我想說在吃完烤肉後，可以放鬆的談話。」

「所以妳才主動攀談啊。」

「紗夕不是決定要加入茶道社嗎？我覺得像那樣嘗試克服過去的自己，感覺很帥氣。」

「別太過誇獎她本人。因為她立刻就會得意忘形。」

「像這樣對紗夕擺學長架子並不好喔。」

「抱歉。我自認為有在注意了。」

不可以一直受到國中時代的學長學妹關係影響。之前也因此碰到過麻煩。因為我們是高中生，彼此都還會不斷改變。

「養成的習慣很難改掉對吧。」

夜華感慨地與我產生共鳴。

「我也想稍微成長一點。」

「喔，我替妳加油。」

「我希望能夠成長，減輕希墨的負擔。」

「明明不用介意我的啊，被我喜歡的人依賴，我反倒很高興。」

「我也很清楚，瀨名會是個特殊的團體。雖然我希望自己能不讓大家費心，實際上卻總是像這樣讓大家費心。」

「大家都喜歡夜華，要感謝這些懂得關懷的朋友喔。」

「他們很溫柔呢。」

「是啊。是我引以為豪的朋友。」

走在夏天旅行地點的夜路上，讓人想說些青澀的話。

「但是，我好像被支倉朝姬隨心所欲地應付過去了，我果然還是無法接受！」

「有些事一旦將是非對錯弄清楚，就會到此結束了吧。至少得知了朝姬同學也想將瀨名會維持下去，這不是很好嗎？」

「就算沒有希墨這件事，我也沒有信心能和支倉同學相處得來。」

夜華前所未有的氣餒，但我感覺到正好相反的感觸。

「我反倒想誇獎妳，能主動找朝姬同學攀談很了不起喔。」

「真的嗎？」

「嗯，夜華正在成長喔。」

「再多多誇獎我。」

夜華緩緩地抓住我的手臂。

我直接將手伸向她的頭摸了摸。夜華滿足地瞇起眼睛。

「不用心急。溝通能力在某方面是需要靠經驗來鍛鍊的。」

「我明明像那樣單方面被她駁倒耶？」

「與並不親近的人交流想法才叫溝通。只要能假裝相處融洽就夠了。」

「不是相處融洽，而是假裝相處融洽？」

夜華驚訝地瞪大眼睛。

「即使第一印象糟糕透頂，或做錯了什麼舉動，都不是大問題。重要的是將關係持續下去。雖然或許會很花時間，只要能逐步地提升評價就行了。妳太過從一開始就把目標放在拿下滿分了。」

「可、可是，也有很多人在第一次見面時就會突然受到喜愛啊。」

我馬上聽出來夜華正意識到誰。

「亞里亞小姐是例外中的例外。即使模仿那種特殊人物，也解決不了問題。」

當我指出這一點，夜華喉嚨發出輕響。

因此而長期歷經辛苦的她本人，是最心知肚明的。

模仿好範例並非壞事，但迷失了自己就得不償失。

「話說，夜華對我的第一印象也糟糕透頂吧。我第一次去美術準備室時，妳的第一句話可是『礙事。回去。消失吧』。」

光是回想，我就笑了出來。

我自己都覺得，真虧我們能從那樣的第一次接觸開始發展到交往。

如果告訴去年的自己，一年後我將會跟有坂夜華成為情侶，當時我絕對不會相信吧。

當時渾身帶刺的夜華，如今也令人感到懷念，有另一種可愛。

「希墨，回到正題上，別提我的事了！」

夜華用眼神向我求饒。

「到頭來，重點在於如何讓對方接受。朝姫同學對瀨名會應該也抱著屬於她的糾葛。在這個前提上，她還是參加了這次旅行。妳明白這一點嗎？」

「嗯。」夜華點點頭。

「我們並不知道，她是以怎樣的方式去接受的。就算瀨名會解散了，我們身為同班同學，每天還是會碰面。不僅限於戀愛，必須和喜歡的人與討厭的人長時間待在同一個空間裡，我認為這是校園生活的困難之處。」

夜華像是在體會這番話般沉默了一會，注視著我的側臉。

「我嘴角又沾到什麼了嗎？」

請她以親吻幫我拿掉也不壞，但不知道什麼時候會被誰看見，所以我慎重地沒開口。

「班長要考慮各種方面呢。難怪神崎老師會指名你。」

「——即使沒辦法所有人都相親相愛，我也想恰到好處地將大家聯繫起來啊。」

那是我的希望與理想。

在不被過度強行要求，保有個人自由的同時，在關鍵時刻又能夠齊心協力。

如果我能維持這種鬆散的聯繫，就不負班長職責了吧。

「吶。希墨你從以前開始就那麼會說話嗎？」
「怎麼可能。我是小寶寶的時候，只會說『吧噗～』喔。」
「我是認真地在問你。」
「這個嘛。就我的情況來說，接下班長工作的影響很大。我有自覺，多虧在立場上與親近朋友以外的人交談的機會變多了，讓我有所成長。」
當上班長後，必然地需要和幾乎沒對話過的人交談。
並非所有同班同學都會老實地聽從我的指示。而且還有別班的學生、學長姊學弟妹、沒教過我們課的老師等等，必須接觸的對象多得數不完。
在不得不去做的過程中，我變得上手了。
單純只是這樣而已。
「希墨也是漸漸成長過來的。真了不起。」
「喔，可以更加尊敬我喔。」
「希墨真的很厲害。因為這樣，才會被女孩子喜歡上呢。」
雖然夜華面帶笑容，我總覺得她在遷怒。
「因為經過鍛煉，我對渾身帶刺的夜華才能作出告白喔！」
「我知道。唉～我還是想變得像姊姊一樣。」
「亞里亞小姐或許意外地也有無法告訴別人的煩惱喔。」

對於像我這樣的凡人來說，推測亞里亞小姐的內心想法等於嘗試抓住天上的雲彩。

但是在神崎老師家過夜時，有坂亞里亞隔天早上在咖啡廳說的話，讓我從中感受到至今仍難以遺忘的「某種東西」。

◇◇◇

「妳還不進去嗎？」

「……喔，沒想到妳會主動來找我說話。」

在照亮黑暗的火堆前，有坂亞里亞正獨自舉杯喝酒。

支倉朝姬緩緩地走向了她。

「可以坐妳旁邊嗎？」

「如果妳有意和我說話，請便。」

朝姬在坐在椅子上的亞里亞旁邊蹲坐下來，作為回答。

寂靜之中，兩人僅僅坐著。火堆的火星迸散聲、蟲鳴聲、隨風搖曳的樹木沙沙聲。若抬頭望去，夜空中的星星數量遠比東京多得多。

「剛才的吵架，還滿有趣的。」

「妳一直在笑吧。」

「因為妳還企圖和小夜一爭高下，真有毅力。」

「在學生餐廳當著大家面前揭露我心情的人可是妳。」

「那非常明顯，而且隱瞞遲早會達到極限。」

「由於這樣，當時我只能理直氣壯地承認了。只是，我討厭自己的心情就這樣糊里糊塗地曝光。」

「所以妳才故意在他們本人面前，發表要繼續單戀的宣言啊。」

「不行嗎？」

「那兩個人之間有可趁之機嗎？」

亞里亞的聲調非常冰冷。

「在希墨同學獨處時或許有機會？」

「太天真了。那只是因為他是男生，才讓妳這麼感覺。阿希很溫柔，對待他人時會盡量避免傷害對方。但是如果認真地逼他二選一，他會好好地做出選擇。」

在篝火火光映照下，亞里亞斷言。

「妳真的對於希墨同學的事情很了解呢。」

「因為他曾是我可愛的學生嘛。」

「學生如今變成妹妹的情人，妳有什麼感覺？」

「這個問題是什麼意思？支倉同學每一句話都很衝呢。」

亞里亞轉向朝姬。

「只是好奇罷了。我是獨生女，不知道有兄弟姊妹是什麼感覺。」

「大家情況各不相同吧。有些手足一直感情融洽，也有一些完全都不講話。」

亞里亞隨意說道。

「有坂姊妹是怎麼樣呢？」

「……我們是一對相似的姊妹。最大的不同在於小夜有我這個姊姊，而我沒有。作為姊姊的我先出生，妹妹小夜與阿希是同學。就是這種程度的差異。」

亞里亞彷彿在說，她們只有微不足道的小差異。

「不過先遇見他的人是姊姊對吧。」

「所以呢？」

「我認為戀愛取決於契合度與時機。如果跟妳以不同的方式邂逅，或許就會有不一樣的未來。」

「妳的口吻聽起來很像在說，我跟阿希的契合度很好？」

「至少不輸給妳妹妹。」

「……別亂講話。」

亞里亞注視著自己的小指。

「因為我和阿希約定好了。」

「約定？」

「沒錯，打勾勾。他來拜託我，希望我別攪亂人際關係。」

「如果去破壞，明明可能會發生什麼改變的。」

宛如惡魔的呢喃般，朝姬嘗試煽動她。

「身為關鍵的阿希會聯繫關係，所以不可能。因為他很擅長把散落的東西聯繫起來。紫鶴看人的眼光真的很好。」

「妳變得老實多了呢。」

朝姬看著篝火，失望地說道。

「我來告訴妳，妳對我感到煩躁的理由吧。」

「不是討厭妳的理由？」

亞里亞無視朝姬的吐槽，說了出來。

「純粹是同類相忌。」

「傳奇學生會長大人和我怎麼會有共同之處。」

「妳也是擅長在看透對方的為人之後行動的類型。因為會先動腦思考再行動，所以很少犯錯，但不擅於面對出乎意料的事情。在各種意思上來說。」

「這個我有自覺。」

亞里亞的口吻聽來就像曾經目睹她向瀨名希墨告白，有坂夜華闖入現場的場面。朝姬不得不承認亞里亞的眼力很敏銳。

「可是，戀愛終究不是邏輯，是先有了喜歡這種情緒，之後才添加喜歡上的理由。不管多麼努力試圖遺忘，喜歡的心意也無法抑制。所以妳才抱著受傷的覺悟，到現在還待在他附近。」

不管朝姬試圖對夜華擺出多麼堂堂正正的態度，亞里亞都看穿了朝姬的逞強。

「若即若離。這樣也不壞吧。阿希會體諒妳，而靈巧的妳也能保持舒適的距離感吧。如果妳和其他女生一樣，在不久後將自己的感情做個了結，就沒有問題。可是，妳還沒放棄。在那種狀態下看著他們兩人，是打從心裡很難熬的吧？」

「真沒想到連情敵的姊姊都會同情我。」

「我才沒有同情妳。我沒那麼感興趣。」

「這樣嗎。」

這番話聽起來像在故意觸怒人，是因為她說中了。

如果戀愛可以用邏輯想通，尋找新的戀情會更有效率。

隨意找個情人，為青春時代的回憶增添色彩也不壞吧。

這種事情朝姬在理智上也明白。

「──唉，這也沒辦法。我的心上人有了情人，我喜歡上他的理由，是因為他不三心二意，十分誠實。那麼我只能徹底地去做到厭倦為止了。」

面對朝姬大而化之的態度，這次輪到亞里亞感到驚訝。
「這份積極到底是從何而來的？」
「戀愛既沒有絕對，也沒有ＩＦ（如果）。」
一陣強風吹來，篝火的火星隨風飛舞。
那些火星，讓朝姬回想起她在夏日祭典的最後玩的線香花火。
當時，留到最後的人是有坂夜華。
朝姬也怨過自己太不走運，連遊戲也無法獲勝。
但是，決定勝敗之物的真面目只是偶然。
朝姬不想屈服於那種不確切的東西。
她還有很多可做的事。
「妳認為我是在相信愚蠢的事嗎？」
沉默半晌之後，朝姬問亞里亞，她眼中倒映著燃燒得赤紅的火焰。
「我覺得妳是一個非常實際的人，我坦率地感到佩服。」
「有坂同學和希墨同學的戀情或許是圓滿實現，迎向了好結局，但我的戀情還在半途中。日後說不定會有突然的發展。」

「他們正在展望好結局後的未來喔。」
「是否會抵達那裡，是另一個問題。因為我們是高中生。」
朝姬始終以實際的角度來思考戀愛。
「妳還真堅強。」
「我這是樂意去做的。我想這份愛意在某一天冷卻的可能性一定更高。儘管如此，既然此刻這份心情是真實的，我不會為了他人的情況放棄自己的戀情，只是這樣而已。」
「不放棄戀情嗎？真是一句好話。」
火堆的火焰隨風搖曳，時時變換形狀。
即使如此，火焰不會因為微風熄滅。
「我對支倉同學改觀了。」
「多謝。」
突然被喊出名字，朝姬吃了一驚。
有坂亞里亞是她不擅長應付的人，也是最遙遠的存在。正因為如此，朝姬認為即向她抱怨與吐苦水也不會造成實際損害，去找正在烤火的她攀談。
朝姬先前是以自言自語的心態在說話，卻發現自己不知不覺間說得太多了。
「僅僅為了自我滿足而全力以赴，妳正在度過真正的青春呢。」
「脫下學校制服之後，就不能做這種事了嗎？」

「因為長大成人以後，無法破壞的東西會漸漸增加。」
「真不自由。」朝姬邊說邊站起身。
「就是說呀。」
亞里亞一口氣喝光鋁罐裡剩下的啤酒。酒已經不冰了。
「飲酒最好適可而止喔。我先告退了。」
朝姬走回別墅的腳步聲，變得比前來時輕盈。
「真強人所難。像這種旅行，不喝酒明明撐不下去啊。」
亞里亞這麼說著，再度注視著自己的小指。

◇◇◇

一大早，睡不好的我醒了過來。
昨晚在便利商店採購回來後，大家一起聚在客廳裡打撲克牌與玩遊戲。
兩位大人在半途中先回了房間，剩下的我們一直玩鬧直到深夜兩點過後。
我們連走回房間的力氣也沒有，所有人直接就這樣睡著了。
我會醒過來，是因為有某種重物壓在了肚子上。我睜眼一看，發現那是七村的腿。
我挪開他的腿，從地板上悄悄起身。大家都還在睡。

去。

看看手機，現在才凌晨五點。

雖然考慮過要不要睡回籠覺，不過難得有機會，我決定講究一下來個晨浴，往大浴場走去。

現在可以獨占浴場。

「啊～天堂。一大早就在露天浴池泡澡，真奢華啊。」

在早晨清新的空氣中，獨自浸泡在熱水裡的幸福時刻。

「現在應該沒關係吧。」

我趁著沒有人在，像小孩子一樣偷偷地遊泳。就像要徹底享受每一個角落，我直接在寬廣的浴池裡游了一圈，在從入口看來位於死角的岩石後方伸展雙腿作休息。

因為太過舒服，加上熬夜與擠在地板上睡覺留下的疲憊，我漸漸地睏倦起來。

我茫然地望著白色的蒸氣，眼皮自然地垂下。

世界感覺逐漸遠去。

不知道像這樣經過了多久。

當我終於快輸給眼皮的沉重時。

「在浴池裡睡覺會感冒喔。」

有女人的聲音在我耳邊呢喃。是幻聽嗎？

「嗯……」

就算知道，我也睜不開眼睛。

「喂～聽到了嗎～你睡著了？」

意識幾乎融化在溫暖池水中，我無法逃離半夢半醒的世界。

「希墨同學？」

我總覺得聽過呼喚我名字的女聲。

如果是在夢中，即使混浴也不成問題。對方一定是夜華吧。明明都一起來旅行了，還在作夢夢到她，我到底有多喜歡她啊。

「真遊刃有餘。」

隨著像是傻眼的說話聲，感覺有人靠近了。

「……咦？」

熱水流動，某個人的肌膚觸感貼上我的手臂。

接著，傳來有什麼東西靠過來的感覺。

明明是夢境，卻有重量和觸感，還真寫實啊。

「這樣都不醒呀。你真是個大人物～」

「嗯？」

腦海被睡意占據的我緩緩地轉頭，看向身旁。

在那裡的——不是夜華。

「朝姬、同學？」

「早安，貪睡鬼。」

為了洗澡將頭髮扎起來的朝姬同學嫣然微笑。

「咦……咦咦？」

睡意一瞬間一掃而空，我慌張的往後退開。

「等等，水花噴得很高耶。我的臉都淋濕了。」

「為為為、為什麼？」

「如果站起來，我會看到喔。」

和裹著浴巾進浴池的朝姬同學不同，我當然是全裸。

正要起身的我立刻泡進浴池內，背對了她。

「咦，妳怎麼會在這裡？」

「我也醒過來了，想來洗澡。一個人洗的話，不就可以盡情地游泳嗎？然後，當我來到岩石後面一看，就發現希墨同學在睡覺。難得有機會，我想和你兩人單獨談談。」

不要這麼若無其事地說明啊。

「有男人在浴場裡還進來，這樣很不好啊！話說我明明在裡面，妳為什麼會跑進來？」

一般來說，看到有男人在洗澡，應該會立刻跑掉吧。

「咦，更衣室沒有上鎖，我還以為一定沒有人呢。」

糟糕。因為剛才很睏，我好像忘了鎖門。這完全是我的疏失。

「可是，既然發現了我，那就折回去啊！」

「乾脆當作混浴吧，反正我裹著浴巾，有失禮的地方還請見諒。」

「不，這是在那之前的問題！妳在想什麼啊！」

「嗯～裸裎相見？」

朝姬同學惡作劇地笑了。

「不不不！」

在浴場內，與無限近乎赤身裸體的同班女生兩人獨處。

這是什麼讓人又高興又害羞的意外？

這個狀況令我完全陷入恐慌狀態。

如果是夢，就讓我立刻醒來吧？

「總之，我馬上出去。」

我保持一眼也不看朝姬同學的狀態在浴池裡移動，準備走向更衣室。

「難得來到露天浴池，多泡一會嘛。」

然而，有種柔軟的觸感壓上背部，使我動彈不得。

「——朝、朝姬同學？」

溫熱的手也放在我的雙肩上，令我徹底被阻攔在當場。

「肩膀好寬，手臂也很粗壯。果然是男生呢。跟女生截然不同。」

「等等，朝姬同學？」

「拜託，給我一點時間。」

「至少先放開我。」

「如果我放開你，你就會跑掉對吧。」

「就算是這樣，也大膽過頭了！」

超級緊急狀況。我已經不知該如何是好了。

「若不這麼做，我們就沒辦法認真談談吧。」

「穿上衣服後要怎麼談都可以！」

「有些話在大家面前不能說。」

「妳打算談什麼啊！」

「希墨同學，好大。」

「什麼很大？」

「音量。」

我閉上嘴巴。

「如果太大聲喧嘩，會吵醒大家的。」

啊啊，不妙。這狀況非常不妙。

已經有女朋友的人，和別的女性一起待在浴池裡。

這種場面，只要被人撞見就完蛋了。我將面臨社會性死亡。

不管有什麼原委，都太難找藉口了。

很可能還會傳出「淫亂班長，一大早就跟情人以外的女生親密混浴」這種謠言。

這不是解釋為高中生在夏季旅行中發生的意外就能收拾的問題。

是致命傷。

豈止暑假，我的高中生活將在所有意義上結束。

無論如何都必須避免這種結局發生。

——夏日魔物（色慾）並非只棲息在我心中。

怎麼辦？該如何是好？

要從這個場面脫身，我該採取什麼行動才是正確答案？

我檢討浮現在快沸騰的大腦中的選項。

A　說服朝姬同學——做不到，我講不贏她。

B　強行從現場逃走——不行。之後的發展會全都取決於朝姬同學。

C　接受夏日魔物（色慾）——駁回，那麼做完全算是出軌。

D　豁出去撲向她——白痴，這純粹是犯罪吧！

理智瀕臨過熱，大腦無法正常運作。

在我思考的期間，朝姬同學的身體依舊緊貼著我。我甚至沒辦法隨意移動。

在熱水裡泡太久，我感覺自己隨時會熱昏頭。

心臟無可救藥地狂跳著，肋骨都快被彈飛了。

「總之，這樣很不好。」

「那麼，怎樣的事情才可以呢？」

「這不是好壞的問題，這種事很奇怪啊。」

我向懇求般地說道，希望她能理解。

「吶，希墨同學討厭我嗎？」

「沒這回事。」

我立刻回答。

「烤肉的時候，我說過『我不會做讓人討厭我的舉動，相對的，也不會停止單戀』吧。希墨同學，既然你回答了『沒這回事』，代表這個舉動在容許範圍內吧。」

「～～！那是詭辯。」

更多重量落在我背上。朝姬將頭也靠了過來。

隔著浴巾感受到的女生身體之柔軟毫不留情。明明沒有交往，這麼親密緊貼在一起好嗎？

「那麼你喜歡我嗎？」

「這不是在這種狀況下該回答的問題。」

我被區區的文字遊戲敷衍，物理上被纏住動彈不得，精神上也難以徹底拒絕，已經無路可逃。

「原本對我來說，戀愛的優先順位應該不高。然而，我卻有了喜歡的人，喜歡到使戀愛的順位上升了。」

「這對於朝姬同學來說是好事嗎？」

「嗯。我切實地感受到，心中有喜歡的人，每一天都過得很開心。」

「即使沒有交往？」

「……我是不是戀戀不捨？我會很煩人嗎？」

「我也很清楚，喜歡的心情是無法停止的。」

有時候，連當事人本身都無法控制感情。愈重視投注感情的對象，就愈發困難。

「謝謝。聽到你這麼說，我覺得輕鬆了一點。」

我總覺得朝姬同學的呼吸漸漸急促起來。

「一點……嗎？」

「因為不合理令我憤怒。就因為我的心上人交到了情人，我的戀愛也得結束嗎？由於他人的狀況而剝奪我的戀情，這不是很奇怪嗎？」

「朝姬同學，這個……」

「——至少讓我繼續單戀又何妨。」

那句話帶著讓人胸口抽痛的悲傷語調。

認真地喜歡著某個人，和拉近與心上人之間的距離是截然不同的問題。

與已有情人的人保持適當距離這條規則，並非明文規定。

不過，那是作為默契應當遵守的行為。

朝姬同學正竭力想要遵守那個默契。

而愈是認真的戀愛，愈會伴隨心痛。

「吶，希墨同學……」

隨著虛弱的呼喚，朝姬同學的手從我的肩頭挪開。

「和瀨名會的大家一起玩的時候，我總是會想著。朝姬同學長得漂亮、深受歡迎又容易溝通，相處起來輕鬆又愉快。可是，朝姬同學。我——」

在我說完之前，朝姬同學貼著我背部的身軀滑落了。

我直覺地領悟到她倒下了，迅速地轉身接住她。

包在她身上的浴巾鬆開。

「……原來妳穿著泳裝嗎？」

朝姬同學在浴巾下穿著那件紅白條紋的泳裝。由於雙肩的肩帶是透明的，我在剛從打瞌睡中醒來的那一瞬間沒有發現。

朝姬同學全身通紅，顯然泡得熱昏頭了。
她說過她很怕熱。剛才一定是勉強在忍耐吧。
「朝姬同學！振作點！吶！」
「唔唔……」
就算呼喚她，反應也很遲鈍。
「咦，這可嚴重了？」
情況以和方才截然不同的意義進入緊急狀態。
沒有時間猶豫了。
我將朝姬同學漂浮在浴池裡的浴巾綁在腰際。
「抱歉，朝姬同學。」
我抱起她，急忙將她搬到更衣室。

◇◇◇

「瀨名的瀨名特色發揮到登峰造極啦。若無其事地混浴了嘛。」
「墨墨也不知道命運算好還是壞呢。深受麻煩事寵愛～」
「朝學姊明明很怕熱，卻在浴池裡游泳而熱昏頭。這只是巧合，對吧？」

「總之，支倉同學的狀況也總算穩定下來，讓我放心了。雖然放心了，但是……」

七村、小宮、紗夕與神崎老師各自發出刺耳的感想。

我思量著該如何回答。

「好了好了。多虧這樣才沒有出事，不是很好嗎？這叫不幸中的大幸。不但忘記鎖門，還在從入口看過去形成死角的後方岩石陰影處打瞌睡，阿希也相當粗心大意呢。」

亞里亞小姐揪揪我的耳朵。

「我實在臉上無光！要不是亞里亞小姐馬上過來了，真不知道會怎麼樣。」

「不過，特地穿著泳裝去游泳的支倉同學也是自作自受。就當作是多虧了重重巧合，使她獲救了吧。」

我對這個人實在抬不起頭來。這次又受到了亞里亞小姐的幫助。

朝姬同學在大浴場熱昏頭之後，我設法靠自己把她搬運到更衣室。但是，當我不知道具體的緊急處理該怎麼做而傷腦筋時，同樣過來晨浴的亞里亞小姐出現了。

朝姬同學穿著泳裝躺在地板上，半裸的我慌張地亂竄。

亞里亞小姐雖然驚訝，但沒有像平常一樣開玩笑。她看了一眼便察覺狀況，做出適合的處置。

朝姬同學現在狀態穩定，在房間裡休息。

這件事簡直像我和夜華傳出在外過夜傳聞時的情況重演。

這次也是亞里亞小姐出手相助。

聽到朝姬同學一大早發生了這樣的狀況，瀨名會的大家一片混亂。

多虧情人的姊姊亞里亞小姐作證，我和朝姬同學在浴場撞見的事才沒有引起太多疑心。

話雖如此，現場微妙地瀰漫著難以完全接受的氣氛，也是事實。

消除那股氣氛的人，居然是夜華。

「希墨不會說出會被我懷疑的謊話。如果想營造說服力，他會說得更加含糊或是簡略吧。即使感覺可疑，事實一定真的像他所說明的一樣。」

「我肚子餓了，來吃早飯吧。」夜華的一句話結束了這件事。

然而，夜華在吃早餐時始終沉默不語。

她也不肯與我目光相對，在吃完飯後，夜華才終於向我開口說：「你過來一下。」

我們出了別墅，一路走到海水浴場。

時間才七點半。海水浴場裡人影稀疏。

我們直接走到沙灘，眺望早晨的大海。

沒有對話地待了一會後，夜華突然在波浪邊緣坐下來。

「夜華，坐在那裡會被海水打濕的。」

「如果我穿泳裝過來，可就不會被唸了。」

「…………」

往常總是將頭髮整齊編起的夜華，現在頭髮沒有整理。

她的長髮在海風中搖曳。要是有大浪打過來，看來衣服和頭髮看都會弄濕。

「那個，關於今天早上的事情。」

「什麼也沒發生對吧。」

「嗯。」

「我並不懷疑希墨。我知道你不是會半推半就的人，為了幫助支倉同學而抱起她也是不得已的。我也相信姊姊的話。可是——」

夜華站起身，她回過頭，眼中浮現淚珠。

「我心中不可能不感到不安！」

彷彿硬擠出來的那句話，聽得我幾乎心碎。

「抱歉。」

「希墨沒有錯，所以別道歉！」

夜華邊哭邊生氣。

她已經不在乎會弄濕衣服，一腳踢起湧來的浪花。

「只要有希墨就足夠了！交到更多親近的朋友也很開心！可是，我害怕每當朋友增加，煩心事也會變多！即使知道不要緊，我還是很介意！我會忍不住去懷疑，我也真的很討厭自己的軟弱！」

夜華一次又一次踢著海浪，拚命地與內心的嫉妒博鬥。

我們原本也可以獨占情人，待在只屬於兩人的封閉關係中。

即使是直到畢業為止，都只在美術準備室相見的情侶，也足夠幸福了。

可是，將有坂夜華帶到外界的人，正是瀨名希墨。

我在同學面前發表情侶宣言，將她與外面的世界聯繫起來。

我自認為在扮演橋梁角色，卻沒有充分盡到職責，即使在瀨名會這個小小的人際關係中，都讓夜華感到不安。

「啊～我覺得軟弱的自己好沒出息，我好不甘心，好煩躁。」

夜華抬手擦拭臉頰，仰望天空。

夜華的腳不知不覺間已經完全浸泡在海水中，腿和裙子也都濕淋淋的。

「吶，希墨。我想要成長。我想變得強大到足以守護心愛的人。」

「我才要問，我有守護好夜華嗎？」

「因為有你在，我才會正在度過快樂的夏天！」

夜華笑了。剛才的眼淚，好像是對自己不甘心而流下的淚水。

「謝謝。聽到妳這麼說，太好了。」

「嗯。然後總有一天，我想變得能夠守護希墨。」

我忍不住甩掉涼鞋，奔向站在海中的夜華。

「希墨，停下來！你想做什麼？」
我就像被迫煞車一樣僵住了。
「我很感動，想來個和好的擁抱。我們在這趟旅行中，沒有正常擁抱過吧。」
「只是普通的擁抱不行。今天我要公主抱。」
「……這是沒關係，不過好突然啊。」
我開始猜測她特地指定公主抱的意圖。
「因為今天早上你抱起了支倉同學吧。那不是公主抱嗎？明明我都還沒被那樣抱過呢。」
我的情人有點鬧脾氣。
生氣、哭泣、笑容、鬧脾氣，夜華的表情令人目不暇給地迅速變化。
在交往前的有坂夜華身上無法想像的事，如今變得理所當然。
那是多麼惹人憐愛又珍貴啊。
「這樣您滿意了嗎？公主。」
我靠拚勁克服在海中站不穩的問題，牢牢地用公主抱抱起夜華。
「還不錯，可是有點不過癮呢～」
夜華逞強地說著，同時在我臂彎裡縮成一團，顯得很害羞。
「那要怎麼做才好？」

「希墨你保持這樣別動。」夜華露出了正在盤算什麼的眼神。

「妳打算做什麼？」

「天罰！」

夜華突然抱住我的脖子，害我失去平衡。

「哇？等等，不會吧，喂！」

我試圖設法挺住，卻徒勞無功。

我們兩人一起慘兮兮地倒向海中。

水花高高地濺起，海浪又自從上方覆蓋過來一般湧向我們。

自然，我全身都濕透了。

當我從海中爬起來，夜華放聲大笑。看到她興高采烈的模樣，我也沒力氣生氣了。

「居然這樣亂來。妳沒受傷吧？」

「就連這種時候，也會先擔心我呀。希墨真溫柔。」

「妳都說是天罰了吧？啊～連內褲都濕了。」

「回去以後，洗個混浴暖暖身體不就行了？」

「那樣倒也不錯。當然，在浴場禁止穿泳裝喔。」

「少得意忘形！希墨大色魔！」

夜華使勁地朝我潑水。我們就這樣在海中一直嬉戲到玩膩為止。

幕間三

快樂的時光轉眼間就結束了。
我們從神崎老師的別墅回到了東京。
我在最近的車站下了車。夜夜應該會搭乘姊姊駕駛的車直接回家。
「姊姊，等我一下。日向花，我有件事想跟妳說。」
夜夜如此說道，叫住了我。
「怎麼了？」
「那個，我決定要參加叶同學邀我加入的樂團。」
夜夜突然切入正題。
「真的嗎？太好了。未未聯絡過我好幾次了。」
「所以，日向花——我們一起加入叶同學的樂團吧！」
夜夜用強而有力的聲調邀請我。
「就像我對於叶同學和一起演奏感興趣般，日向花也想唱歌對吧？所以妳才會出入輕音樂社，在叶同學遇到困難時也無法置之不理。」

「未未是我的朋友，我只是想幫助她而已。」

「是一樣的。我也是日向花妳的朋友，所以我明白。」

她直視著我的眼睛。

「——會害怕受傷，是因為喜歡與認真。」

夜夜懷著真實感情說道。

「我是從希墨和妳身上學到這件事的。因為你們給了我行動的勇氣，我才得以沒有後悔。我對此感激不盡。」

如果更早展開行動，結果說不定就會改變。

一路以來，這種後悔發生的次數多得數不清。

自己一個人鼓不起勇氣，最終無法行動，對這樣的自己感到失望。這樣的事一再重覆。

「因為希墨向我告白，我也得以向他表達喜歡。因為日向花妳前來美術準備室，我才得以沒有放棄希墨。一切都是周遭的人給了我勇氣。」

夜夜這麼說道，牽起我的手。

「如果現在日向花無法鼓起勇氣，那由我來鼓勵妳。就像妳曾為我所做的一樣，我想幫助日向花！」

她以顫抖的手包住我小小的手。

——現在是夏天，我沒有穿長袖，無法甩動過長的袖子趕開她。

那寬鬆的袖子之所以讓我產生安心感，一定是因為那曾是保護弱小的我的護身符。

我將手藏了起來，好讓我即使發現想抓住的事物，也沒辦法輕易伸出手。

只要從一開始便處於難以抓住的狀態，在失敗時也可以當作藉口。

但現在的我沒有那截袖子。而且，夜夜正牢牢地握住了我毫無防備的手。

「我不會讓任何人嘲笑日向花的認真。我絕不會允許那種事發生。我會用最棒的演奏來支持妳的歌聲。所以，拿起麥克風，和我一起站上舞台吧。

「夜夜……」

「我想和好友日向花一起變強！」

真不可思議。

一個人時曾深深恐懼的事情，現在卻沒那麼害怕了。

有人深深地掛念著我，讓我也終於能夠誠實面對心情。

因為覺得有點想哭，我想伸手去擦眼角。

但是夜夜的手讓我很高興，我同樣回握住好友的手。

「助我一臂之力，夜夜。」

我也想和夜夜一起變強。

第十一話　戀情並未結束的單戀之夏

「抱歉，花菱。我無法接受你的告白。」

在文化祭執行委員會開完會後，朝姬對於清虎的告白給予了明確的答覆。

兩人站在校舍後方的櫻樹下。

花季早已結束，現在樹上長滿青翠的綠葉，形成一片舒適的遮蔭。

夏季的天空又高又遠，白色的積雨雲湧來。

「妳還難以放棄小瀨名？」

清虎沒有慌亂，用跟平常一樣捉摸不定的態度問道。

「嗯。所以我不想利用別人的好感來逃避。」

朝姬乾脆的態度，反倒顯得神清氣爽。

「比起有所回報的戀愛，妳選擇付出的愛嗎？」

「是比起妥協的戀愛，我選擇挑戰的愛。」

「朝姬很堅強呢。」

「戀愛中的少女是挑戰者。」

「即使如此，對手可是難纏的強敵喔。」

明明被甩了，清虎依然關心朝姬。

「你認為沒有回報的戀愛，是沒有意義的嗎？」

「我覺得是寂寞的。」

「那就確定了。我跟你果然合不來。我並不尋求那樣的感傷。」

「那麼，妳是怎麼想的？」

「只要戀愛到自己能夠接受為止就行了。」

朝姬如自斷退路般拒絕了清虎，充滿了很像她的果決。

「接受？」

「誰知道呢，或許是對單戀感到疲倦，覺得夠了；或許是找到比那個人更喜歡的對象。

我現在無法想像自己接受的形式。」

「為什麼要做到那種程度呢？」

「因為感情沒有冷卻呀。」

能夠在逆境中豁出去的堅韌，誠實面對自己的率直。

那一切都是支倉朝姬的魅力，清虎感到她比夏日的陽光更加耀眼。

「既然無法證明永恆的愛，說只有修成正果的戀情才是正確答案就毫無意義。」

「朝姬。就算如此，有些事永遠得不到回報喔。」

自櫻樹上傳來的蟬鳴聲喧囂刺耳。

「吶，花菱的戀愛經驗很豐富吧。既然你這麼說，就教教我沒有痛苦地結束愛情的方法呀。」

經過一陣沉默之後，朝姬終於開口，聲調透著一絲煩躁。

「……對不起。我能力不足，不知道現在的妳正在尋求的建議。」

「你還真是溫柔啊。我甩掉了你，本來都做好被破口大罵的覺悟了。」

「我對喜歡的女孩說不出那種過分的話啊。」

就算到了這種時候，清虎始終很溫柔。

這讓朝姬覺得，他的姿態與瀨名希墨或許有點相似。

「不過，被我甩了以後，你會馬上談另一場戀愛來尋求慰藉吧？」

「很難講。別看我這樣子，也受到了不小的打擊喔。我想我一定也會和一般人一樣，繼續喜歡著妳一段時間。」

「我明明把你說得絲毫不看在眼裡耶？」

「朝姬也充滿魅力，到了我無法輕易放棄的程度喔。能遇見這麼特別的人，早就已經很幸福了。」

花菱不加修飾的言語，讓朝姬的認知略微改觀。

「……我之前以為，你只是個喜好女色的傢伙。」

「這我並不否認。但妳散發出比任何人都更耀眼的光芒，吸引了我，只是如此罷了。」

「好事之徒。你明明要怎麼挑都行的。」

聽到清虎一如往常的肉麻台詞，朝姬臉上終於浮現開朗的笑容。

「為了讓心中的特別之人回頭看看自己，我們彼此都很辛苦呢。」

「但是，那個位置沒有替代品，不是嗎。」

朝姬和清虎注視著彼此的眼眸，自覺到了結束。

「總之，為了使文化祭成功舉行，以後也請互助合作吧。支倉同學。」

「那是當然。好好努力工作吧，學生會長。」

不可思議的是，清虎遠比剛才更能感覺到支倉朝姬的存在近在身邊。

◇◇◇

「樂團要取什麼名字好呢？」

夜華、小宮與叶未明在暑假期間的輕音樂社集合，圍坐成一圈動腦苦思。

夜華成功說服小宮，可喜可賀地組成了將在文化祭上表演的樂團。

成員為主唱宮內日向花、吉他手是我瀨名希墨、貝斯手叶未明、鍵盤手有坂夜華，以及鼓手學生會長花菱清虎。

當我們決定加入樂團時，大家說好要再次遊說花菱。正當我們要著手時，花菱主動傳訊息過來，說他想要參加。

花菱在打鼓上已經習得紮實的基礎，具有經驗，不需要擔心什麼吧。

叶的技巧不用多說，夜華與小宮也擁有足以在觀眾前表演的實力。

說到唯一的不安因素，那就是負責電吉他的我。

「叶！先別管樂團名稱，教我彈電吉他吧！」

「那種事情船到橋頭自然直啦。」

「最好會啦！初學者只能靠練習啊！」

我沒有加入女生們圍坐的圈圈，拚命地按著電吉他弦。我想清晰地彈奏出大略記得的和弦，卻夾雜著雜音。

我必須盡快取得進步。啊，又彈錯了。

「阿瀨才是，過來一起想嘛。」

「我沒有空閒。樂團名字交給妳們決定吧。」

「你之後可別抱怨喔。」

「好了，趕快決定好，告訴我吧。」

現在是八月中旬，文化祭的正式表演是在十月。中間還有體育祭，也有文化祭執行委員的工作要做。我實際上能練習電吉他的時間不多。

但是，既然決定要做，我就不能扯後腿。
我認真地練習著電吉他，旁邊的女生們交換著各種意見。
熱愛音樂的小宮與叶，對樂團名字好像有自己的看法，不允許隨便命名。
雖然提出各種點子，看來她們還沒找到三個人都接受的名字。
「決定樂團名字好難啊。」
夜華吐露坦率的感想。
「因為感覺不錯的詞彙已經有人用了。」
「乾脆簡單點，就叫叶未明樂團如何？」
陷入僵局使小宮走向玩哏路線。
「咦～才不要。取更有品味的名字吧。趣味型的名稱不合我的喜好。」
「那未明一個人決定啦。」
「我做不到～～我沒有那種品味。」
叶看來沒轍了。
「有品味的樂團名字，具體來說是什麼樣的？」
夜華還在認真地思考。
「詞彙及詞彙的組合、改編既有的話語、把老式詞彙寫成字母。另外好像還有取自樂團相關故事的。」

對於叶舉出的具體實例，小宮半開玩笑地提議。

「叶未明（Kanou Mimei）。Mimei的漢字可以寫成美鳴（Mimei），那就將美妙鳴響之音轉為英文，取名叫Beautiful Sound?」

「太直接和誇張了。而且，又無法保證在正式表演時會演奏出美妙的音色。」

叶看向我。

就像在贊同她說的話，我再度彈出走調的電吉他聲。

「別對不止擔任經理，還被迫升格為正式成員的初學者有過度的期待。」

「阿瀨，不要緊啦。大家一開始都是初學者。」

輕音樂社的領導人物是個樂觀主義者。

「總之，日向花的點子就不採用了。不過爸爸說過，因為是我在凌晨時分出生，所以叫作未明（Mimei）（註：日文中的凌晨之意）。他說，我是他在深夜做音樂工作時，最能演奏出美妙音色的時段出生的女兒。」

「原來是因為出生時段與熱愛音樂，而取了有雙重含義的名字。真別緻。」

夜華對未明名字的由來感到佩服。

「我們也試著更簡單的思考吧。我們五個人有沒有什麼共通之處？」

小宮重新組織討論。

「我們不是同班同學，那就是同學年？」

「這一點不管和誰組團都一樣啊。要是有更加只屬於我們的共通之處就好了。」

三人在原地沉默地陷入思索，立刻說出同樣的答案。

「是希墨吧。」「不就是墨墨嗎。」「阿瀨。」

「喂，千萬別取什麼瀨名希墨樂團這種名字喔！」

我感覺到與瀨名會決定團體名稱時同樣的走向，立刻提出反對。

女生們單獨聚會時，胡鬧起來還挺惡質的。

「阿瀨，你答應過不會抱怨的吧。」

「現在還沒決定，所以不算。總之，取別的名字吧。」

「不過，大家都與墨墨有連結也是事實。墨墨是未未的經理，因為有墨墨在，夜夜才會參加。我和花菱同學一開始也是由墨墨邀請的。」

看來小宮有什麼想法。

「由希墨連結的樂團。希墨的名字直譯為英文是稀有墨水……Rare ink。」

「啊，感覺還不錯！再縮短一點語感或許會更好。」

叶也起了興致。

夜華在手邊的紙張上用英文字母寫下Rare ink。

「由希墨連結的樂團。連結的英文是Link。」

「這裡的I、N、K是一樣的。把它縮短之後，因為是樂團，再加上複數形的s。寫成

R-inks，讀音是林克斯，這樣如何？」

夜華在另一張紙上寫下R-inks，拿給大家看。

沒有人有意見。

於是，我們的樂團名就決定是R-inks了。

樂團命名問題告一段落後，由叶未明指導的地獄電吉他特訓開始了。

平常散漫的叶，在音樂方面毫不留情。

那一天的練習結束時，我的指尖痛得不得了。

「直到指尖變硬為止，大概會痛上一陣子吧。」

因為很累，我一吃完晚飯立刻感到睡意來襲，癱倒在床上。

就在我半夢半醒時，亞里亞小姐打了電話過來。

『啊，阿希？』

「什麼事？我想睡了。」

『我想現在還是按照常識能打電話的時間。』

「我今天有點累。」

『小夜告訴我了。聽說你在玩樂團？為什麼男生會為了受異性歡迎而開始玩樂團呢？』

「我才沒有那種意圖。」

『唉，以你的情況來說，已經很受歡迎了。』

我感覺到亞里亞小姐在電話的另一頭笑了。

「特地打電話過來，是怎麼了嗎？」

『算是上次那件事的後續關注。在我所見的範圍內，小夜沒什麼異狀。』

「……謝謝妳特地費心了。上次旅行時，開車也辛苦了。」

『沒什麼，這點小事算是給家人的服務。』

我對亞里亞小姐的體貼感懷在心。

「朝姬同學泡熱昏頭的時候，也多虧有亞里亞小姐過來，幫了大忙。如果換成其他人，我真不知該怎麼說明。」

『這沒什麼大不了的。』

「……我現在的作法是不是不夠徹底？」

我像忽然鬼迷心竅般，吐露了藏在心中的不安。

『很難講。如果阿希與小夜真的反感支倉同學的存在，就應該清楚地告訴她，而她如果覺得自己到了極限，就會自行離去吧。我認為她是即使發生這種情況，也能劃分清楚，做好班長工作的人。支倉同學好像也希望維持現狀，如果阿希你們能夠容許的話，我想裝作沒發現是最低限度的溫柔。』

「人際關係好難啊。」

『如果不想在人際關係上發生糾紛，就不該找身邊的人談戀愛。不過，高中生的世界還很狹小，所以很困難吧。』

「我有實際感受。」

『你沒有做虧心事對吧？』

「我以夜華發誓，我沒有做！」

我立刻回答。

『談情說愛是青春的醍醐味，你就更輕鬆地去享受如何？戀愛並不會決定人生的一切。』

亞里亞小姐輕輕地勸告我。

「謝謝。」

『用不著感謝。那麼，晚安。我會期待文化祭的現場表演。』

亞里亞小姐沒等我回答，就掛斷電話。

「再多努力一下吧。」

睡意已在不知不覺間散去，我再度伸手去拿電吉他。

從現在開始到文化祭還有大概一個半月，我把空檔全部用來專心練習電吉他。看來我的月曆上，暫時不會有空閒的日子了。

◇◇◇

我們預約了練習室，第一次舉行了R-inks全體成員到齊的共同練習。
當我和花菱在練習中出去買飲料補充水分時，我重新向他表達謝意。
「謝謝你，學生會明明很忙，還願意擔任鼓手。」
「我才是呢，看來這是個排遣心情的好機會，太好了。」
「那個，我從朝姬同學那裡聽說了。」
「我打鼓一直都是為了消除壓力。時機也正好配合。」
「很感謝你。」
「我和小瀨名不是好友嗎？」
「倒不如說，你還願意這樣看待我啊。」
我對花菱清虎的好品格與廣闊胸襟感到欽佩。
「被朝姬——不，支倉同學拒絕，讓我對愛的深淵又有所領悟。」
「你要是變得比現在更受歡迎，要怎麼辦啊？」
「我會尋找下一份真實之愛。」
花菱清虎始終如一。

在自動販賣機買了飲料，我在走回練習室的路上忽然發問。

「花菱，你為什麼會喜歡朝姬同學？」

清虎王子難得害羞地回答。

「……因為她會認真地斥責我。」

有多少人，就存在多少墜入愛河的理由。

「我才想問你，你為什麼會喜歡上有坂同學？」

「我被神崎老師指派為班長，在與夜華交談的過程中……」

「小瀨名，我眼睛可沒瞎。如果能和有坂同學這樣的美女親近地交談，任何人都會喜歡上她。我想問的不是這個，而是瀨名希墨這個男人感覺到的特別理由。」

既然花菱回答了我，那我也必須回答他。

「入學後第一次在教室裡看到夜華時，我很驚訝原來還有那麼漂亮的女孩。然後，我一直感到不可思議，為什麼她都不笑呢？當時我只是遠遠地望著她，想著就算對於我這種類型的人來說，她太過高不可攀，沒有可能，但有一天，會有人使那女孩露出笑容嗎？可是，當開始與她說話後，我萌生了作為男人的慾望。」

「慾望？」

「我想讓有坂夜華露出笑容。」

「我理解小瀨名堅定不移的理由了。」

花菱靜靜地頷首。

「我對獨占慾有所自覺。因此以後我也會幫助夜華做她想做的事，和她一起繼續成長。我也還有待進步。」

「對喜歡的女孩著迷是男人的宿命，但你可別過度逞強喔。」

花菱不知為何擔心著我。

「好了，R-inks啟航的時刻終於到了。心情都興奮起來了～！」

在團長叶未明的號令下，大家各自拿起樂器。

「多虧阿瀨這位能幹的經理兼電吉他初學者，樂團順利地找齊了團員。謝謝大家的加入！這麼一來，就能登上文化祭的舞台了。」

叶露出天真爛漫的笑容，雀躍地撥了撥貝斯。

看來她是叫大家以彈奏負責的樂器代替自我介紹。

「來享受只屬於我們的音樂吧。」

花菱動作精湛地揮著鼓棒打鼓。

實力明顯相形見絀的我，雖然不知道以後有沒有餘力能享受樂趣，但我會盡力做到最好。

「請多指教。」

夜華只淡淡地說了這句話，手指滑過鍵盤。

「集結了一群不可思議的成員呢。」

主唱小宮透過牢牢握住的麥克風笑著說道。

輕音樂社的領袖人物、學生會長、全校第一美少女等等，集結這些乍看之下沒有關聯的成員的樂團，在此刻成立。

「讓我們盡己所能，創造美好的回憶吧！」

我用彈片胡亂撥響電吉他。

我漸漸地開始期待，由我連結起來的這五個人，能夠展現什麼樣的現場表演。

「吶，希墨，要好好地看著我喔。」

「那是當然的吧。」

足以更新今夏最高氣溫紀錄的熾熱日子，正要展開。

完

後記

初次見面，還有好久不見。我是羽場楽人。

感謝各位這次閱讀《除了我之外，你不准和別人上演愛情喜劇》第四集。

兩情相悅愛情喜劇迎來了夏天！

去學校準備文化祭時與情人祕密會面、挑選泳裝與去水族館約會、與朋友一起去祭典與旅行，海邊的泳裝與溫泉，暑假充滿了快樂的活動。

如果身心都在炎熱的季節變得輕盈——夏日魔物（色慾）也容易蠢蠢欲動？

第四集的封面，是四位女主角大集合的華麗插畫。

作為作者，我有種《愛情喜劇》第二季開幕的心情。

大家都因為夏天而興致高昂，變得大膽起來，非常有趣。即使乍看之下有點失控，每個人都踏實地邁出了新的一步，令人印象深刻。

然後，讓各位久等了，終於輪到了朝姫的回合。

身為優等生又受歡迎的朝姫，是懂得察言觀色的聰明女孩。這樣的她發出戀愛繼續宣言。

單戀同樣是堂堂正正的戀愛。

與年齡相稱的少女，誠實地面對了自己搖擺不定的心情，那份堅強與脆弱惹人憐愛。

最後，在此致上謝詞。

責任編輯阿南先生，一直很感謝你真摯地回答我的苦惱與提問。以後也請多多關照。

插畫イコモチ老師。感謝您每次都超越百分百地具體呈現出我想像的圖。由於第四集是泳裝故事，我毫不客氣地指定了六位女主角的泳裝插畫，而您以豪華無比的海灘泳裝圖這樣最佳的插畫回應了我。盛夏的樂園就在這裡。

設計、校對、業務等為本書出版給予助力的相關人士，我謹在此致謝。

接受我為輕音樂相關內容取材的各位，承蒙大力相助。

我的家人、朋友還有同行，總是很感謝大家。

下一頁是第五集的預告。

秋天的文化祭到來，希墨他們的R-inks樂團，是否能讓現場表演成功呢？

也請期待新角色，學生會長花菱清虎，與輕音樂社的領袖人物叶未明的活躍表現。

以上，是羽場樂人的後記。我們第五集再見。

ＢＧＭ：Sakanaction《忘れられないの》

快樂的暑假，轉眼間也進入尾聲。

暑假期間的文化祭執行委員會會議，也在今天暫時告一段落。

朝姬切實地感受到，正如希墨事先忠告過的一樣，主舞台負責人的業務比想像中涉及更多方面。

「……唉。」

業務之繁多，讓朝姬不禁嘆了口氣。

一鬆懈下來，她腦海就閃過在瀨名會去旅行時發生的事。

特別是在露天浴池，她反省自己的行動太過大膽，對於熱昏頭這個丟臉的結果感到尷尬。就算當時穿著泳裝，她也覺得自己太強勢出擊了。如果發生了不是開玩笑那麼簡單的狀況，自己現在將會如何呢？這麼一想，臉頰就自顧自地開始發燙。

「怎麼了，朝姬同學。有什麼不明白的地方嗎？」

「呀？」

搭檔希墨用不變的聲調呼喚。

在旅行回來之後，這一陣子他開始揹著電吉他參加會議。聽說他會作為叶未明的新樂團

R-inks的成員，登上文化祭的舞台。

他身上沒有平常那種不得已接下工作的氣氛，可以感受到「絕對要讓表演成功」的積極態度與堅定覺悟。

「咦，啊。那個，不要緊。我只是在想別的事情。」

「是嗎，那就好。」

不可以。難得希墨用不變的態度對待自己，如果她太過意識到這件事的話，很可能會妨礙到工作。

朝姬嘗試切換心情，發現手機收到了母親傳來的訊息。查看內容之後，朝姬臉色大變地衝向走廊。

當她打過去，母親立刻接了電話。

「媽媽？——妳說要再婚，是認真的？」

『……嗯。抱歉，突然嚇到妳了。我一直都在拒絕他，但他再度向我求婚，說他的心意永遠不會改變。那個，所以我希望朝姬也和他見一次面。』

母親有些害羞地所說的話，她沒有聽進耳中。

父親在朝姬小時候就去世了，母女兩人一直以來都維持著好友般的關係，互相幫助地生活過來。她會一直當個優等生，將用推薦入學方式上大學當作目標，也是因為不想造成母親的負擔。

然而，彷彿一切都被推翻一般，雙腳站立不穩的感覺突然襲來。

朝姬害怕起來，衝動地掛斷了電話。

第五集預定今年冬季發售!!!!!

除了我之外，你不准和別人上演愛情喜劇

我想變強。
為了彼此的「喜歡」，
希墨與夜華決定要成長。
兩情相悅正逐步朝更堅定不移的愛邁進。

在忙碌之中，希墨每天拚命地練習電吉他。
接二連三湧來的麻煩事，考驗著他的極限。
不僅僅是為了創造回憶。
傾注全心全意，
燃燒愛與青春的文化祭開幕。

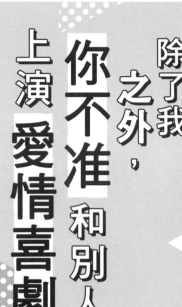

VENOM求愛性少女症候群 1~2 待續

Kadokawa Fantastic Novels

作者：城崎　原作／監修：かいりきベア　插畫：のう

由かいりきベア本人監修的原創故事第二集！
煩惱少女們的青春故事第二彈開幕——

「求愛性少女症候群」是出現在心懷不滿的少女們身上的奇特現象。與找出解決症狀線索的娜娜、艾莉姆不同，露露陷入不知該如何是好的煩惱迴圈，覺得兩人成了與自己漸行漸遠的存在——處於僵局的露露將會採取的行動是……？

各 **NT$200/HK$67**

怕痛的我，把防禦力點滿就對了 1~13 待續

Kadokawa Fantastic Novels

作者：夕蜜柑　插畫：狐印

分成兩大勢力的對抗戰即將開打！
強得亂七八糟的【大楓樹】將情歸何處!?

　　第九階地區的亮點，是在兩個王國間選邊站的大型ＰＶＰ！各公會不停蒐集情報以決策同盟或敵對，其中最受關注的當然是【大楓樹】選擇哪個陣營。梅普露自己也會和勁敵們交換資訊，並受到【聖劍集結】的邀請，有好多事要傷腦筋……

各 **NT$200~230/HK$60~77**

狼與辛香料 1~23 待續

Kadokawa Fantastic Novels

作者：支倉凍砂　插畫：文倉 十

賢狼與前旅行商人幸福生活的第六集開幕！
羅倫斯獲贈貴族權狀的土地竟暗藏內情!?

拯救為債所苦的薩羅尼亞，寫下一段足堪載入史冊受人傳頌的佳話後，賢狼赫蘿與前旅行商人羅倫斯接受了村民的餽贈——一張人見人羨的貴族權狀。到了權狀所屬的土地實地勘查，發現那竟然是一塊曾有大蛇傳說，暗藏內情的土地？

各 **NT$180~250/HK$50~83**

國家圖書館出版品預行編目資料

除了我之外，你不准和別人上演愛情喜劇 / 羽場楽人作；K.K. 譯. -- 初版. -- 臺北市：臺灣角川股份有限公司, 2022.10-
冊； 公分. -- (Kadokawa fantastic novels)
譯自：わたし以外とのラブコメは許さないんだからね
ISBN 978-626-321-865-9(第4冊：平裝)

861.57 111013124

Kadokawa
Fantastic
Novels

除了我之外，你不准和別人上演愛情喜劇 4

（原著名：わたし以外とのラブコメは許さないんだからね 4）

2022年10月17日　初版第1刷發行

作　者：羽場楽人
插　畫：イコモチ
譯　者：K.K.

發行人：岩崎剛人
總編輯：蔡佩芬
編　輯：黎夢萍
美術設計：李思穎
印　務：李明修（主任）、張加恩（主任）、張凱棋

發行所：台灣角川股份有限公司
地　址：104台北市中山區松江路223號3樓
電　話：（02）2515-3000
傳　真：（02）2515-0033
網　址：www.kadokawa.com.tw
劃撥帳戶：台灣角川股份有限公司
劃撥帳號：19487412
法律顧問：有澤法律事務所
製　版：尚騰印刷事業有限公司
ISBN：978-626-321-865-9